韓漢

即用會話

U0103548

商務印書館

韓漢即用會話

中文編著：商務印書館編輯部

韓文編著：呂昕

責任編輯：黃家麗

出　　版：商務印書館 (香港) 有限公司
　　　　　香港筲箕灣耀興道 3 號東滙廣場 8 樓
　　　　　http://www.commercialpress.com.hk

發　　行：香港聯合書刊物流有限公司
　　　　　香港新界大埔汀麗路 36 號
　　　　　中華商務印刷大厦 3 字樓

印　　刷：美雅印刷製本有限公司
　　　　　九龍觀塘榮業街 6 號海濱工業大厦 4 樓 A

版　　次：2015 年 2 月第 1 版第 2 次印刷
　　　　　© 2006 商務印書館 (香港) 有限公司
　　　　　ISBN 978 962 07 1763 5
　　　　　Printed in Hong Kong

前言

　　出外旅遊是件樂事，誰都想好好享受假期，但你有否因為沒信心用韓語講價，而買貴東西呢？有沒有試過不會講某些物品的韓語名稱，就算指手劃腳別人也不明白你在說甚麼。

　　本書針對遊客常遇到的典型情況編寫對話，對話按不同主題分類，有入境過關、入住酒店、購物、吃飯、娛樂、看病、緊急事故等，以一問一答為主，並按具體情況提供多個答案，讓讀者在不同情況下使用最簡單的短句表明自己的需要。

　　本書輕巧便攜，可隨時隨地放在口袋裏，以備不時之需，而且編排簡單清楚，有助快速找到所需的短句或詞彙，即學即用。

商務印書館編輯部

목록　目錄

目錄

1. 도착
到達

1.1 항공사 수속대에서
在航空公司櫃台

문 : 안녕하십니까? 손님. 여권과 티켓을 좀 보여 주시겠습니까?

問 : 早上好，先生。我能看一下你的護照和機票嗎？

답 : 예, 여기 있습니다.

答 : 好，請看。

문 : 부치실 짐이 있습니까?

問 : 你有行李要托運嗎？

답 : 예, 여행용 가방 2 개 있습니다.

答 : 有。兩個手提箱。

문 : 짐을 저울에 올려 주십시오.

問 : 請把它們放在秤上。

답 : 저에게 두 장의 짐 인식표를 주시겠습니까?

答 ： 你可以給我兩張行李識別標籤嗎？

문 ： 예. 여기에 성명을 기입해 주시 고 손님의 여행용 가방에 붙여 주 세요.

問 ： 可以。請在上面寫上你的名字，並 貼在你的手提箱上。

답 ： 예.

答 ： 好。

문 ： 창가 쪽의 자리를 원하십니까 아 니면 통로 쪽의 자리를 원하십니 까？

問 ： 你想要靠窗的還是靠過道的座位？

답 ： 창문 쪽의 자리를 원합니다.

答 ： 我想要靠窗的座位。

문 ： 2 시 30 분까지 10 번 탑승구로 가십시오. 여기 티켓이 있습니다.

問 ： 請在兩點三十分到十號登機閘口登 機。這是你的登機證。

답 ： 감사합니다.

答 ： 謝謝。

2

1.2 보안 검사
安全檢查

情景一

문 : 손님, 호주머니 안에 있는 물건
　　들을 꺼내주시기 바랍니다.

問 : 先生，請把你口袋裏的東西都拿出
　　來。

답 : 제 열쇠를 바구니 안에 넣어야 합
　　니까?

答 : 需要我把鑰匙放進盤子裏嗎？

문 : 예, 감사합니다.

　　要，謝謝。

　　　　　님, 이쪽으로 오십시오. 손
　　호주머니를 검사하겠습니다.
　　　　　到這邊來。讓我查看你的

3

답 : 제 호주머니에는 아무것도 없습
　　니다.

答 : 我口袋裏沒有東西。

문 : 어, 신발을 벗으시고 금속탐지기
　　를 통과하십시오.

問 : 嗯，脫掉鞋子，再走過金屬探測
　　器。

답 : 예.

答 : 好。

情景三

문 : 손님의 짐을 볼 수 있을까요?

問 : 我能看看你的包嗎？

답 : 예.

答 : 好。

문 : 이것 무엇입니까?

問 : 這是甚麼？

답 : 이건 휴대용 안마기입니

答 : 這是手提式按摩器

1.5 기내 서비스
空中服務

情景一

문 : 기내에서는 몇 번식사를 제공합니까?

問 : 飛機上供幾次餐？

답 : 세 차례 제공합니다. 식사시간 사이에 간식을 제공합니다.

答 : 三次。餐間供應小吃。

情景二

문 : 운항 중에 어떤 오락이 있습니까?

問 : 航程中有甚麼娛樂嗎？

답 : 있습니다, 손님. 운항 중에 영화 두 편의 영화를 상영하고, 여러 가지 음악을 선택해서 들으실 수 있습니다.

答：有的，先生。航程中會放兩部電
　　影，還有多種音樂可供選擇。

情景三

문：제 이어폰은 사용할 수가 없습니
　　다.

問：我的耳機不能用。

답：새로운 것으로 바꾸어 드리겠습
　　니다.

答：我給你拿副新的。

情景四

문：면세품을 구매하시 겠 습니까？

問：你想購買免稅產品嗎？

답：향수 있습니까？

答：有香水嗎？

문：있습니다. 여기 있는 것이 전부
　　향수 입니다.

問：當然有。這是全部的品牌香水？

답 : 이런 종류는 얼마입니까?
答 : 這種多少錢？

문 : 면세가로 20 만원입니다.
問 : 免稅價為二十萬韓圓。

답 : 주십시오. 여기 20 만원 입니다.
答 : 我要了。這是二十萬韓圓。

문 : 대단히 감사합니다.
問 : 非常感謝。

단어
詞彙

- 담요
  毯子

- 베개
  枕頭

- 기내 잡지
  航班雜誌

1.6 비행기 멀미
暈機

情景一

문1: 실례합니다, 숙녀분 지금 괜찮
　　 으세요?

問1: 打擾了，女士，你現在感覺好
　　 嗎？

문2: 실례합니다, 불편해 보입니다.
　　 제가 도와드릴 일이 있을까요?

問2: 打擾了，你看上去不舒服。有甚
　　 麼我能為你做的嗎？

문3: 실례합니다. 안굴색이 좋지 않
　　 아 보입니다. 도와 드릴 일이 있
　　 을까요?

問3: 請原諒。你好像氣色不好。我能
　　 為你做點甚麼嗎？

답1: 비행기멀미 합니다.

答1: 我暈機了。

답2 : 구토할거 같아요. 봉투 좀 주시
　　　 겠어요.

答2 : 我想吐。請再給我一個塑膠袋。

1.7 연기
延誤

情景一

문 : 언제 출발합니까?

問 : 我們甚麼時候起飛?

답 : 죄송합니다출발이 연기되었습니
　　 다,손님.엔진에 고장이 있는 것
　　 같습니다.

答 : 抱歉延誤了，女士。恐怕引擎有點
　　 故障。

문 : 실례합니다, 승무원. 비행기는한
　　 시간 전에 인천에 착륙했어야 하
　　 는데 왜 연기가 되었죠?

問 : 麻煩一下，乘務員。班機在一小時
　　 前就應該在仁川降落了。為甚麼延

13

誤了？

답 : 죄송합니다 손생님. 비가 많이 와서 운항이 늦어지고 있습니다. 그렇지만 몇 분 있으면 곧 착륙할 것입니다.

答 : 對不起，先生。大雨減慢了我們的航程。不過還有幾分鐘我們就要降落了。

단어
詞彙

- 예정
  預定

- 나쁜 날씨
  壞天氣

- 기류
  湍氣流

情景二

승객 1: 우리 비행기는 얼마나 연기가

14

되나요?

乘客 1 : 我們的航班要延誤多長時間？

승객 2 : 제가 보기에는 1 시간 정도입니다.

乘客 2 : 我猜要一個小時。

승객 1 : 정말 짜증나네! 만약 그렇다면 난 잠시 한숨 자야겠습니다.

乘客 1 : 真討厭！如果那樣的話，我就先打個盹。

승객 2 : 갈 때 되면 제가 깨워드리겠습니다.

乘客 2 : 該走的時候我會叫醒你。

단어
詞彙

- 연기
  延期

- 잠
  睡覺

1.8 여행과 출장에 대해 논의
談論旅遊和出差

승객 1: 어디에서 오셨습니까?

乘客 1: 你從哪裏來？

승객 2: 홍콩에서 왔습니다. 저는 4일 간 회의가 있어서요.

乘客 2: 香港。我去開了四天會。

승객 1: 재미있겠네요! 저는 단체 여 행 왔어요.

乘客 1: 多有意思啊！我是隨團旅遊。

승객 2: 정말요? 어디 구경 하셨어요?

乘客 2: 真的嗎？你們參觀了甚麼地 方？

승객 1: 서울을 제외하고 부산과 제주 도를 갔었어요.

乘客 1: 除了首爾，我們還去了釜山和 濟州島。

승객 2: 거기에서 재미있으셨어요?

乘客 2: 你在這些地方玩得好嗎？

승객 1: 재미있었어요. 하나 여쭤 볼께요, 이번이 첫 번째 서울 여행이십니까?

乘客 1: 玩得很好。順便問一下，這是你第一次到首爾旅行嗎？

승객 2: 아, 아니요, 저는 매년 서울로 출장 갑니다, 그렇지만 저는 지금까지 어떠한 여행지에도 가볼 기회가 없었어요.

乘客 2: 哦，不是，我幾乎每年都要到首爾出差，可我一直沒機會參觀任何旅遊地。

승객 1: 아, 아쉽군요.

乘客 1: 哦，真可惜！

17

1.9 세관
海關

情景一

문 1 : 여권을 보여 주세오.

問 1 : 請讓我看看你的護照。

문 2 : 여권을 보여 주시겠습니까?

問 2 : 能出示一下你的護照嗎?

문 3 : 여권을 봐도 될까요?

問 3 : 我能看你的護照嗎?

문 4 : 여권을 제출해 주세요.

問 4 : 請出示護照。

답 : 예, 여기 있습니다.

答 : 好,請看。

情景二

문 : 방문목적이 무엇입니까?

問 : 你來的目的是甚麼?

답 : 저는 여기에 _____ 하러 왔

습니다.

答：我來此 _____ 。

- 휴가
  度假
- 관관방문
  參觀訪問
- 비즈니스 여행
  商務旅行
- 무역
  經商
- 휴식
  休閒
- 관광
  觀光

情景三

문1：여기에서 얼마나 머무르십니까?

問1：你在這裏要逗留多長時間？

문2：한국에서 얼마나 머무르실 겁니까?

問 2 : 你打算在韓國逗留多長時間？

답 1 : 저는 여기에서 _____ 머무
를 겁니다.

答 1 : 我會在這裏停留 _____ 。

- 몇 일
  幾天
- 몇 주
  幾週
- 한 달 정도
  一個月左右

답 2 : 그렇게 길지 않을 겁니다. 저는
일본 여행을 가야 합니다.

答 2 : 不會很久。我還要去日本旅行。

| 情景四 |

문 : 어디에서 오셨습니까？

問 : 你從哪裏來？

답 : 저는 _____ 에서 왔습니다.

答 : 我來自 _____ 。

- 홍콩
  香港
- 상하이
  上海

情景五

문 : 당신은 누구와 함께 여행을 합니
    까?
問 : 你和誰一起旅行？

답 : 저는 _____ 여행합니다.
答 : 我 _____ 旅行。

- 혼자서
  一個人
- 남편 / 아내와 함께
  和我丈夫／妻子
- 친척과 함께
  和我親屬
- 회사동료와 함께
  和我同事

情景六

문 1 : 통관수속 하실 물건이 있습니까?

問 1 : 你有甚麼要報關的物品嗎？

문 2 : 통관수속 하실 물건이 있습니까?

問 2 : 你有物品要報關嗎？

문 3 : 통관수속 하실 물건이 있습니까?

問 3 : 有要報關的物品嗎？

답 1 : 있습니다. _____.

答 1 : 有，_____。

- 이것은 저의 통관신고서 입니다.
  這是我的申報單。

- 조금입니다. 단지 1 병의 포도주와 약간의 향수 입니다.
  很少。只有一瓶紅葡萄酒和一些香水。

답2: 없습니다, ＿＿＿＿＿＿＿.

答2: 不，＿＿＿＿＿＿。

- 필요 없습니다
  不用

- 없습니다.
  沒有

답3: 그다지 확실하지 않습니다. 두 병의 선물용 포도주가 있습니다. 세금을 내야 됩니까?

答3: 我不太確定。我有兩瓶用作禮物 的紅葡萄酒。我必須要納稅嗎？

단어
詞彙

- 세금을 받다
  收稅

- 한도 금액
  限額

- 면세
  免稅

• 밀수품
走私貨品

情景七

문 1 : 선생님, 이것이 당신 짐입니까?
問 1 : 先生，這都是你的行李嗎？

답 1 : 예.
答 1 : 是。

답 2 : 아니오, 이 갈색 여행용 가방은
　　　제 것이 아닙니다.
答 2 : 不，這個棕色手提箱不是我的。

문 : 당신의 여행용 가방을 열어주시
　　겠어요?
問 : 能打開你的手提箱嗎？

답 : 예.
答 : 可以。

문 : 이것들은 무엇입니까?
問 : 這些是甚麼？

답 : 피부보호용 제품입니다.
答 : 是護膚產品。

군 : 음, 네. 그것들을 가지고 무엇을
하려고 합니까? 여기 대략 20개
정도입니다.

問 : 嗯，好。你打算用它們做甚麼呢？
你這裏大概有 20 個。

甘 : 아, 모두친구에게 줄 선물 입니
다.

答 : 哦，都是給朋友們的禮物。

군 : 영수증 있습니까?

問 : 你有發票嗎？

甘 : 아니오, 없습니다. 그것들은 선
물입니다.

答 : 不，沒有。它們是禮物。

군 : 좋아요, 손님. 아마 세금을 내셔
야 겠네요.

問 : 那好，女士。恐怕你就得納稅了。

情景八

군 : 개인면세 한도 금액을 알려주시
겠습니까?

問：能告訴我個人免稅限額嗎？

답：포도주 한 병과 향수 한 병.

答：一瓶酒和一條香煙。

2. 호텔에서
酒店

2.1 호텔체크인
登記入住

情景一

안내 : 안녕하세요? 제가 도와 드릴 까요?

接待員 : 早上好，我有甚麼可以幫到你嗎？

손님 : 호텔 체크인을 하고 싶은데요.

客人 : 我想登記入住。

안내 : 예약하 셨습니까?

接待員 : 你預訂了嗎？

손님 : 네. 제 이름은 황운준입니다.

客人 : 預訂了。我的名字是黃文俊。

안내 : 2 밤 묵을 싱글룸을 예약하

27

셨지요?

接待員 : 你登記了一個住兩晚的單人間，對嗎？

손님 : 잘못된 것 같습니다. 2인 실을 예약했는데요.

客人 : 恐怕弄錯了。我登記的是一個雙人間。

안내 : 미안합니다, 손님. 컴퓨터에 입력된 것은 싱글룸인데요. 어디가 잘 못된지 모르겠지만 다시 2인 실을 준비해 드리겠습니다.

接待員 : 先生，對不起，電腦記錄的是一個單人間。我不知道哪裏出了差錯，但我可以再給你安排一個雙人間。

손님 : 네, 감사합니다.

客人 : 好，謝謝。

情景二

손님 : 요금은 하루에 얼마입니까?

客人 : 每晚收費多少？

안내 : 하루에 2만 8천원입니다.

接待員 : 每晚兩萬八千圓。

손님 : 모든 비용이 다 포함되어 있습니까?

客人 : 包括所有費用嗎？

안내 : 네. 그렇습니다.

接待員 : 是的，女士。

손님 : 방에 침대를 추가하면 돈을 따로 내야 합니까?

客人 : 在房間裏另加還要收費嗎？

안내 : 네, 원래 가격에 30% 가더 추가됩니다.

接待員 : 要收費，在正常價格上另加 30％。

안내 : 요금은 무엇으로 지불하시겠습니까?

接待員	:	你如何支付房費？
손님	:	신용카드로 지불하겠습니다.
客人	:	我用信用卡。
안내	:	방은 226 호입니다. 키는여기 있습니다.
接待員	:	你住 226 號房間。這是鑰匙。
손님	:	감사합니다.
客人	:	謝謝。

단어
詞彙

- 2인용 침대 하나가 있는 2인실
  有一張雙人牀的雙人間
- 1인용 침대 둘이 있는 2인실
  有兩張單人牀的雙人間
- 객실이 달린 방
  套間
- 스위트룸
  豪華

- 표준
  標準

2.2 식사
用餐

情景一

손님　: 아침 식사는 몇 시부터입니까?

客人　: 幾點用早餐？

안내　: 8시부터 10시까지입니다.

接待員: 從上午 8 點到 10 點。

情景二

손님　: 호텔 식당은 몇 시에 문을 엽니까?

客人　: 能告訴我酒店餐廳幾點開嗎？

안내　: 네. 아침 식사는 8시부터 10시까지입니다. 점심 식사는

31

오후 1 시부터 2 시까지입니다. 저녁 식사는 밤 7시부터 9 시까지입니다.

接待員 : 可以。早餐是上午 8 點到 10 點。午餐是下午 1 點到2點。晚餐是晚上 7 點到 9 點。

情景三

손님 : 식사는 방에서 해도 됩니까?

客人 : 我能在房間用早餐嗎?

안내 : 네. 방은 몇 호입니까?

接待員 : 可以。你的房間號是多少?

손님 : 226 호입니다.

客人 : 我的房間號是 226 。

안내 : 몇 시에 아침 식사를 하실 겁니까?

接待員 : 你想幾點用早餐?

손님 : 오전 9 시 반에 아침을제 방까지 가져다 주십시오.

客人 ：請在上午 9 點半把早餐送到
　　　我房間。

단어
詞彙

- 연회장
  宴會廳
- 커피숍
  咖啡店
- 식당
  餐廳
- 술집
  酒吧
- 술집 종업원
  酒吧招待

2.3 모닝콜
叫醒服務

| 情景一

안내 : 안녕하세요? 제가 도와 드릴
일이 있습니까?

接待員 : 你好，需要我幫忙嗎？

손님 : 내일 아침에 부산에 겁니다.
_____?

客人 : 我明天早上要去釜山。你能
_____?

• 내일 아침 8시에 깨워 주시겠어요?
在明天早上 8 點叫醒我嗎？

안내 : 네, 방은 몇 호입니까?

接待員 : 可以，女士。你的房間號是多
少？

손님 : 288 호입니다.

客人 : 288 號房間。

情景二

안내 : 모닝콜 입니다. 제가 도와
　　　드릴 일이 있습니까?

接待員 : 這是叫醒服務。我有甚麼可以
　　　　幫到你嗎？

손님 : 모닝콜 시간을 8시에서 7시
　　　반으로 고치려고 합니다.

客人 : 我想把叫醒時間從 8 點改為 7
　　　點半。

안내 : 괜찮습니다. 방은 몇 호입니
　　　까?

接待員 : 沒問題。你的房間號是多少？

손님 : 288 호입니다.

客人 : 288 號房間。

단어
詞彙

• 모닝콜
　叫醒服務

- 24 시간 시간표
  24 小時時間表

2.4 방안의 물품을 요구함
要求房間用品

情景一

안내 : 프런트입니다. 제가 도와 드 릴 일이 있습니까?

接待員 : 這是服務台。我有甚麼可以幫 到你嗎？

손님 : 욕실에 _____ 가 / 이 없습니다.

客人 : 浴室裏沒有_____。

- 휴지
  衛生紙

- 샴푸
  洗髮液

- 보디샴푸
  沐浴液

- 비누
  肥皂

- 뜨거운물
  熱水

안내 : 손님, 방은 몇 호입니까?

接待員 : 先生，你的房間號是多少？

손님 : 526 호입니다.

客人 : 526 號房間。

안내 : 몇 분 후에 휴지를 가져다 드리겠습니다.

接待員 : 我們過幾分鐘就把衛生紙給你送去。

情景二

손님 : ＿＿＿＿＿＿가 / 이 없습니다.

客人 : 沒有＿＿＿＿＿＿。

- 종이 슬리퍼
  紙拖鞋

- 옷걸이
  衣架
- 담요
  毯子
- 베개
  枕頭
- 베겟잇
  枕套
- 시트
  牀單
- 플라스틱 커튼
  塑膠掛簾

| 情景三

손님 : _____가 / 이 고장이 났
　　　습니다.

客人 : _____不能用。

- 등잔
  燈

- 텔레비전
  電視

- 콘센트
  插座

- 에어콘
  空調

- 수도꼭지
  水龍頭

- 스위치
  開關

- 샤워링
  握式淋浴器

- 드라이
  吹風機

안내 ： 곧 가서 고쳐 드리겠습니다.
接待員：我們會盡快修好。

情景四

손님 ： 세탁물이 있습니다.

客人：我有些衣物要洗。

손님：세탁바구니에 넣으십시오. 세탁소 직원이 수거 할 겁니다.

客人：請將你要洗的衣物放在洗衣籃裏。洗衣房接待員會來收的。

단어
詞彙

- 부족하다
  不夠

- 세탁소
  洗衣房

- 세탁명세서
  洗衣單

2.5 여행정보 문의
詢問旅遊資訊

情景一

관광객 :	실례합니다. 한국 민속촌에 대한 안내자료가 있습니까?
遊客 :	請問一下，你有關於「韓國民俗村」的介紹材料嗎？
안내 :	네, 여기 안내수첩과 노선도가 있습니다.
接待員 :	有，這裏有一本介紹手冊和一張路線圖。
관광객 :	감사합니다. 거기까지 시간이 얼마 걸립니까？
遊客 :	謝謝。到那裏要多久？
안내 :	택시로 가시면 30분쯤 걸릴 겁니다. 버스를 타고 가시면 한 시간 정도 걸릴 겁니다.
接待員 :	你坐計程車去大約要用半個鐘頭。如果你坐公共汽車去，大

41

約要用一個鐘頭。

관광객 : 몇 시에 문을 엽니까?

遊客 : 開放時間是幾點？

안내 : 오전 9시에 문을 열고, 오후 5시 반에문을 닫습니다.

接待員 : 上午9點開門，下午5點半關門。

관광객 : 감사합니다.

遊客 : 謝謝。

안내 : 별말씀입니다.

接待員 : 不用謝。

단어

詞彙

- 삐라
  傳單
- 관광 안내소
  遊客諮詢處
- 유람명승지
  遊覽勝地

- 시내지도
  街道圖

- 택시
  計程車

- 지하철
  地鐵

2.6 메시지
留言

情景一

손님 : 저를 찾으신 분이 계셨어요?

客人 : 有人找過我嗎？

안내 : 안 계셨는데요. 선생님, 전화
　　　를 기다리고 계십니까?

接待員 : 沒有，先生。你在等誰的電話
　　　　嗎？

손님 : 그건 아닙니다. 제 휴대폰이
　　　고장이 났습니다. 그래서 저

에게 전화가 왔었는지 확인
하고 싶습니다.

客人　：也不全是。我的手機出毛病
　　　了。我想知道有沒有人給我打
　　　過電話。

| 情景二 |

손님　：저를 찾으신 분이 계셨어요?

客人　：有人找我嗎？

안내　：네, 손님. 오늘 아침에 황씨라
　　　는 선생님께서 전화를 하
　　　셨습니다.

接待員：有的·先生。今天早上有位黃
　　　先生給你打過電話。

손님　：메시지가 있습니까?

客人　：他有留言嗎？

안내　：오늘 오후에 다시 전화를 하
　　　겠다고 하셨습니다.

接待員：他説他今天下午會再給你打電
　　　話。

44

손님 : 감사합니다.
客人 : 謝謝。

단어
詞彙
• 이메일
　電子郵件
• 팩스
　傳真

2.7 불편신고
　投訴

情景一

손님 : 어제 밤에 옆방에서 큰 음악
　　　소리와 소음이 들려서 잠을
　　　한숨도 못 잤습니다.
客人 : 昨天晚上在我隔壁房間有很大
　　　的音樂聲和大量噪音。我根本
　　　就睡不了。

안내 : 방은 몇 호입니까?

接待員 : 能告訴我你在哪個房間嗎？

손님 : 288 호입니다.

客人 : 288 號房間。

안내 : 몇 시에 소음을 들었습니까?

接待員 : 你是幾點聽到噪音的？

손님 : 새벽 2시인 것 같습니다.

客人 : 大概是早上兩點。

안내 : 소음이 289 호 방에서 나온 것이 확실합니까?

接待員 : 你能確定噪音是從 289 號房間傳來的嗎？

손님 : 네, 틀림없습니다.

客人 : 是，肯定是。

안내 : 289 호 방의 손님과 의논해 서 처리하도록 하겠습니다.

接待員 : 我們會與 289 號房間的客人談一下，再想辦法解決。

손님 : 언제 그들과 의논하실 겁니 까?

客人	：	你們甚麼時候和他們談？
안내	：	그 방의 손님이 지금 안 계십니다. 오후에 찾아가도록 하겠습니다.
接待員	：	現在他們不在。也許我們下午再找他們。
손님	：	또다시 잠 못 자는 밤을 지나고 싶지 않습니다.
客人	：	我可不想再有一個不眠之夜了。
안내	：	선생님, 저희들이 최선을 다해서 도와 드리겠습니다.
接待員	：	先生，我們會盡全力幫你。
손님	：	방을 바꾸려고 합니다. 더 이상견딜 수가 없습니다.
客人	：	我要換房間。我再也受不了了。
안내	：	네, 찾아보겠습니다. 307호방으로 바꾸시겠습니까?
接待員	：	好，我查一下。你願意換到

307 號房間嗎？

손님 : 좋습니다.

客人 : 願意。

안내 : 먼저 288호 방의 열쇠를 프런트에 내 주십시오. 제가 새 방의 열쇠를 드리겠습니다.

接待員 : 請將 288 號房間的鑰匙交到服務台。我再給你新房間的鑰匙。

단어
詞彙

- 견디다
  忍受

- 참다
  忍耐

- 싫다
  討厭

2.8 체크아웃
退房

情景一

안내 : 제가 도와 드릴 일이 있습니까?

接待員 : 這是服務台，需要我幫忙嗎？

손님 : (1)내일 가야겠습니다. 정오 이전에 체크아웃 해야 합니까?

客人 : (1) 我明天要走。需要在中午前退房嗎？

손님 : (2)내일 가야겠습니다. 언제 체크아웃 해야 합니까?

客人 : (2) 我明天要走。甚麼時候退房？

안내 : (1)정오 이전에 체크아웃 해야 합니다.

接待員 : (1) 要在中午前退房。

49

안내 : (2)정오 이전에 아무 때나 좋습니다.

接待員 : (2) 中午前任何時間都可以。

情景二

손님 : (1)계산서를 주시겠어요? 제 방은 688 호입니다.

客人 : (1) 能給我賬單嗎？我的房間號是 688。

손님 : (2)계산서를 보고 싶은데요. 제 방은 688 호입니다.

客人 : (2) 我想要賬單。我的房間號是 688。

손님 : (3)체크아웃 하려고 합니다. 688 호입니다.

客人 : (3) 退房，688 房間。

안내 : 계산서입니다. 확인해 보세요.

接待員 : 賬單給你。請你核對。

손님 : 모두 맞았습니다. 신용카드로

지불하겠습니다.

客人 : 都對了。我用信用卡支付。

안내 : 여기에 사인해 주십시오.

接待員 : 請在這裏簽名。

손님 : 네.

客人 : 好。

안내원 : 영수증은 여기 있습니다.

接待員 : 這是你的收據。

情景三

손님 : 이것은 무슨 비용입니까?

客人 : 這是甚麼費用?

안내 : _____.

接待員 : _____。

- 장거리 전화
  長途電話

- 유료 텔레비전
  付費電視

- 세탁 서비스
  洗衣服務

- 맥주 두 통
  兩罐啤酒

- 포테이토 한 봉지
  一包薯片

손님	: 잘못된 것 같은데요. 다시 한 번 확인해 주시겠어요?
客人	: 我覺得有錯。你能再查對一次嗎？
안내	: 네, 확인해 보겠습니다. 손님, 죄송합니다. 저희들이 잘 못했어요. 이건 새 계산서입니다.
接待員	: 好，我查一下。先生，對不起，我們出錯了。這是新賬單。
손님	: 다시 확인해 보겠습니다. 이번에 맞았습니다.
客人	: 我再核對一下。現在對了。
안내	: 다시 한번 사과 드립니다.
接待員	: 再次為出錯道歉。

손님	: 영수증을 좀 주십시오.
客人	: 請給我開張收據。
안내	: 여기 영수증이 있습니다.
接待員	: 收據給你。

단어

詞彙

- 요금을 많이 받다
  多收費

- 현금으로 지불하다
  現金支付

- 명세서
  明細賬單

- 체크아웃 시간 이 지난 한정 시간
  過了退房時間後的寬限時間

3. 교통
交通

3.1 지하철
地鐵

情景一

문 : 말씀 좀 묻겠는데요. 제일 가까운 지하철역은 어디에 있습니까?

問 : 請問，最近的地鐵站在哪裏？

답1 : 이 길로 곧바로 가시다가 오른쪽으로 돌려서 계속 가시면 보실 수 있습니다.

答1 : 沿這條街一直走，然後右轉繼續走你就看到了。

답2 : 예, 제일 가까운 지하철역까지 20분 정도 걸립니다.

答2 : 嗯，到最近的地鐵站要走20分鐘路。

單語
詞彙

- 지하철 역
  地鐵站

- 지하철
  地鐵

情景二

문 : 실례합니다. 표는 어디서 살 수
　　있습니까?

問 : 請問，哪裏能買票？

답 : 매표소에 가서 살 수 있습니다.

答 : 你可以到售票窗口買票。

문 : 감사합니다. 저 매표기에 가서 살
　　수 없나요?

問 : 謝謝。那我能到那邊的機器買票
　　嗎？

답 : 물론입니다. 그 것은 자동매표기
　　입니다. 잔돈을 준비하셔야 합니
　　다. 동전과 천원짜리만 사용할 수

있습니다.

答: 可以。那些是自助式售票機。你要注意準備好零錢。只有硬幣和一千圓的紙幣可以使用。

情景三

문 : 저는 대구에 가려고 하는데 차비는 얼마입니까?

問 : 我要到大邱。車費是多少？

답 : 「새마을호」, 「무궁화호」, 「통일호」 3 가지 있는데 어느 것으로 원하시겠습니까?

答 : 有"新生活號"、"無窮花號"、"統一號"三等。你想要幾等的？

문 : 이 3 가지는 어떤 차이가 있습니까?

問 : 那麼，這三種有甚麼區別嗎？

답 : 속도가 다릅니다. 차비도 차이가 있고요.

答 : 速度不一樣，車費有差別。

군 : "무궁화호"이면 됩니다. 얼마입니까?

问 : "無窮花號" 就行了。要多少錢?

답 : 만 팔천 원입니다.

答 : 一萬八千韓圓。

문 : 여기 있습니다.

問 : 給你。

情景四

문 : 광화문에 가려면 몇 호선을 타야 합니까?

問 : 哪條線路通往光華門?

답 : 시내지도를 보세요. 동대문 운동장에서 5호선을 갈아타고 종로 5가역의 다음 역입니다. 찾으셨습니까? 광화문이 바로 거기에 있습니다.

答 : 你可以看一下大地圖。在東大門運動場換乘5號線,鍾路五街的下一站。你找到了嗎? 光華門就在那裏。

문 : 감사합니다.

問 : 謝謝。

情景五

문 : 인천으로 가는 열차입니까?

問 : 這趟列車是到仁川嗎？

답 1 : 저도 잘 모르겠습니다. 다른 사람한테 물어보세요.

答 1 : 嗯，我不太清楚。也許你可以問問其他人。

답 2 : 아니오, 수원에 가는 것입니다.

答 2 : 不，不到。它是到水原的。

情景六

문 : 다음 역은 어디입니까?

問 : 下一站是哪裏？

답 : 다음 역은 시청입니다.

答 : 下一站是市廳。

情景七

- : 용산에 가려고 하는데 꼭 갈아
  타야 합니까?

問 : 我要去龍山。必須要換車嗎？

答1 : 그럴 필요가 없습니다.

答1 : 不需要。

답2 : 동대문에서 갈아타셔야 합니다.

答2 : 你必須在東大門換車。

문 : 어느 쪽의 플랫폼에서 갈아탑니
  까?

問 : 我在哪邊的站台換車？

답 : 이 쪽입니다. 신도림으로 가는
  지하철을 타셔야 합니다.

答 : 這邊。你應該乘坐開往新道林方
  向的地鐵。

단어
詞彙

• 공항 환승소
  機場中轉站

- 러시아워 시간만 한함
  只限高峯時段

- 보행거리
  步行距離

3.2 버스
버스

情景一

문 : 말씀 좀 묻겠는데요. 고려대학교에 가려면 몇 번 버스를 타야 합니까?

問 : 請問，我去高麗大學要坐哪趟巴士？

답 : 273 번 버스를 타야 합니다.

答 : 你得坐 273 路巴士。

문 : 버스운행 간격은 몇 분입니까?

問 : 多長時間來一趟車？

답 : 버스는 20 분 간격으로 운행됩니다.

司機 : 巴士每二十分鐘發一趟車。

乘客 : 도와 주셔서 감사합니다.

司機 : 謝謝幫忙。

情景二

승객 : 대학로까지 한 사람, 얼마입
니까?

乘客 : 到大學路一位。多少錢？

운전사 : 800 원입니다.

司機 : 800 韓圓。

승객 : 대학로까지 정류장 몇 개 지
납니까?

乘客 : 到大學路有多少站？

운전사 : 7 개 지납니다.

司機 : 7 站。

승객 : (1)도착하면 알려 주세요.

乘客 : (1) 到站請告訴我。

승객 : (2)내릴 때 가 되면 알려 주
시겠습니까?

乘客	:	(2) 該下車時你能告訴我一聲 嗎？
운전사	:	예.
司機	:	好。

情景三

문 : 말씀 좀 묻겠는데요. 버스 정류
　　장은 어디에 있습니까?

問 : 請問，巴士站在哪裏？

답 : 여기서 몇 분이면 걸어갈 수 있습
　　니다.

答 : 從這裏走幾分鐘就到了。

문 : 어느 쪽으로 가야 합니까?

問 : 我該朝哪個方向走？

답 : 신촌 쪽으로 가시다가 우회전 하
　　세요.

答 : 你應該朝新村方向走，然後向右
　　轉。

문 : 감사합니다.

問 : 謝謝。

乘客 1: 여사님, 제 자리에 앉으세요.
乘客 1: 女士，請坐我的座位。

乘客 2: 대단히 감사합니다.
乘客 2: 太感謝你了。

乘客 1: 천만에요.
乘客 1: 不用謝。

단어
詞彙

- 버스 시간표
  巴士時間表

- 버스 대합실
  巴士候車亭

- 버스 노선
  巴士路線

- 2 층 버스
  雙層巴士

- 교통카드
  交通卡

3.3 택시
的士 / 計程車

情景一

관광객 1 : 피곤하세요? 우리 택시를
  탑시다.

遊客 1 : 你累了嗎？我們坐的士吧。

관광객 2 : 좋은 생각입니다. 택시!

遊客 2 : 好主意。的士！

관광객 2 : 그 택시는 왜 안 섭니까?

遊客 2 : 它為甚麼不停？

관광객 1 : 노란 신호등이 켜져 있지 않
  았어요.

遊客 1 : 黃色信號燈沒有亮。

64

광객 : 택시! 택시!

客 : 的士！的士！

운전사 : 어디 가세요? 여사님?

司機 : 去哪裏，女士？

관광객 : (1)서울역까지 태워 주세요.

旅客 : (1) 送我到首爾火車站。

(2)신라호텔로 갑니다.

(2) 到新羅飯店。

(3)이주소로 가려고 하는데

어디인지 아세요?

(3) 我想到這個地址。你知道

它在哪裏嗎？

운전사 : (1),(2)네. 알겠습니다.

司機 : (1)，(2)好，先生。

(3)삼각지역 근처가 아닙니

까?

(3) 是在三角地附近嗎？

관광객 : (4) 네, 맞습니다.

遊客 　 : (4) 是，沒錯。

情景三

승객 　 : (1) 천천히 운전하세요.

乘客 　 : (1) 請開慢點。

승객 　 : (2) 너무 빨리 가지 마세요.

乘客 　 : (2) 別開那麼快。

운전사 : 죄송합니다, 손님. 오늘 길이
　　　　 안 막혀서 좀 빨랐어요.

司機 　 : 對不起，先生，今天路很暢
　　　　 通，我的車開得快了點。

승객 　 : 괜찮습니다. 여기서 좀 기다
　　　　 려 주세요. 먹을 것을 좀 사
　　　　 다 오겠습니다.

乘客 　 : 沒關係。請在這裏等一下。我
　　　　 要買點小吃，我很快就回來。

운전사 : 네, 손님.

司機 　 : 好，先生。

乘客 : 다음 신호등에서 세워 주세
요. 얼마드려야 됩니까?

顧客 : 請在下一個交通燈處停車。我
該付你多少錢？

운전사 : 모두 만 팔천원입니다.

司機 : 一共一萬八千韓圓。

승객 : 여기 있습니다. 거스름돈 필
요 없습니다.

乘客 : 給你。不用找錢了。

운전사 : 고맙습니다. 오늘 잘 지내시
기를 바랍니다.

司機 : 謝謝。祝你今天過得愉快。

단어
詞彙

• 모범택시
  黑色計程車（模範計程車）

• 택시 요금계기

計程車計價器
- 보통 택시
  普通計程車
- 택시 정거장
  計程車站
- 팁
  小費

3.4 렌트카
汽車租賃

문 : 안녕하세요. 무엇을 도와 드릴까
　　요?

問 : 先生，你好，需要我幫忙嗎？

답 : 차를 렌트하고 싶은데요.

答 : 我想租一輛車。

문 : 저희 디렉토리를 좀 보세요. 승
　　용차, 경제형차, 고급차, 소형 승
　　합차가 있습니다.

問 : 請你看一下我們的目錄。我們有轎

車‧經濟型車，高檔車，小型客貨兩用車和多功能運動車。

: 경제형차로 하겠습니다. 요금은 얼마입니까?

: 我就要經濟型車。租金要多少錢？

: 하루에 20 만원짜리 투도어차가 있습니다.

司 : 我們有一天二十萬韓圓的雙門車。

답 : 괜찮은 편입니다. 1 주일간 렌트 하겠습니다.

答 : 還算合理。我要租一個星期。

문 : 그럼 이 렌트계약서를 기입해 주 세요. 그리고 국제운전면허증을 보여 주시겠어요?

問 : 那就填好這張租車協定。另外，能 出示一下你的國際駕駛執照嗎？

답 : 네, 여기 있습니다.

答 : 好，請看。

문 : 더욱 안전하시려면 보험을 사시 면 좋겠습니다. 저희 정한 가격

은 하루에 30만원입니다.

問 : 最好再買個保險會更安全。我們
報價是一天三十萬韓圓。

답 : 그럼 샀습니다.

答 : 那好。我就買了。

문 : 이것은 키입니다. 즐거운 여행이
되시길 바랍니다.

問 : 這是鑰匙。祝你一路順風。

답 : 감사합니다. 어디서 도로 지도를
살 수 있는지 아세요?

答 : 謝謝。你知道在哪裏能買到公路地
圖嗎?

문 : 저희들은 도로 지도 한 장을 무료
로 드리겠습니다.

問 : 我們可以免費送你一張公路地圖。

답 : 정말 고맙습니다.

答 : 太感謝了。

어

彙

차바퀴 고정 집게
車輪固定夾

차도
行車道

• 고속도로
高速公路

• 순환도로
環行路

• 주차장
停車場

3.5 <u>유람선 타기</u>
乘船遊

문 : 안녕하세요? 무엇을 도와 드릴까
　　요?

問 : 你好，我有甚麼可以幫到你嗎？

답 : 배를 타고 한강을 유람하고 싶은

데요.

答 : 我想乘船遊覽漢江。

문 : 편도와 왕복 편 두 가지 노선이 있습니다.

問 : 我們提供單程遊和往返遊兩種選擇。

답 : 왕복 편은 시간이 얼마나 걸립니까?

答 : 往返遊遊覽要用多長時間？

문 : 2 시간 반 걸립니다.

問 : 要用兩個半小時。

답 : 저녁식사도 포함되어 있습니까?

答 : 包括晚餐嗎？

문 : 아닙니다. 필요하시면 따로 주문하실 수 있습니다.

問 : 不包括。如果你需要，可以單點。

문 : 저녁식사로는 무엇이 있습니까?

問 : 晚餐有甚麼？

답 : 서양요리, 한국요리와 중국요리가 있습니다. 여기 메뉴가 있

니다.

: 晚餐有西餐、韓餐和中餐。這裏有一份菜單樣本。

: 창 가 쪽 자리를 원하는데요. 얼마입니까?

: 我想要靠窗的座位。要多少錢？

: 한 분에 25000 원입니다.

問 : 每位兩萬五千韓圓。

: 내일 창 가 쪽 자리 2 개를 예약하려고 합니다.

答 : 我要預訂明天的兩個靠窗座位。

文 : 죄송합니다. 선생님. 적어도 탑승 이틀 전에 예약하셔야 합니다.

問 : 對不起，先生。至少必須在你的遊覽日期兩天前預訂才行。

답 : 정말 아쉽네요. 모레 떠나거든요. 아무튼 고맙습니다.

答 : 真可惜！我後天就要走了。總之多謝了。

문 : 천만에요.
問 : 不用謝。

단어
詞彙
- 출발
  出發點
- 호화유람선
  豪華遊艇

4. 음식
食物

4.1 주문
預訂

손님 : 안녕하세요, 롯데 호텔 식당입니까?

顧客 : 你好，是樂天飯店嗎？

종업원 : 예. 뭘 도와 드릴까요?

服務員 : 是。我有甚麼可以幫到你嗎？

손님 : 저는 ＿＿＿＿＿＿＿ 하려고 합니다.

顧客 : 我要 ＿＿＿＿＿＿＿ 。

- 주문
  點菜

- 좌석 예약
  預訂座位

종업원 : 손님 몇 분이십니까?

服務員 : 要訂幾個人的座位？

손님 : 두 사람입니다.

顧客 : 訂兩個人的。

종업원 : 언제 몇시입니까?

服務員 : 哪天，幾點？

손님 : 오늘 저녁 8시 반입니다.

顧客 : 今天晚上八點半。

종업원 : 죄송하지만 그 시간에 자리가 꽉 차 있습니다. 다른 시간으로 바꿀 수 있다면 7시에 자리가 남아 있습니다.

服務員 : 抱歉。那個時間已經訂滿了。如果你願意換個時間，我們在7點還有座位。

손님 : 7시도 됩니다.

顧客 : 7點也行。

종업원 : 선생님, 성함이 어떻게 되십니까?

服務員 : 好。先生，能説一下你的姓名嗎？

손님 : 저는 진가입니다.

76

顧客 ： 我姓陳。

종업원 ： 진 선생님, 7 시, 두 분이지 요.

服務員： 陳先生，7 點，兩位。

손님 ： 네, 맞습니다. 고맙습니다.

顧客 ： 對，沒錯。謝謝你。

종업원 ： 괜찮습니다. 저녁을 즐겁게 지내세요.

服務員： 不用謝。祝你有個愉快的晚 上！

4.2 식당 도착
到餐廳

情景一

종업원 ： 안녕하세요. 뭘 도와 드릴까 요?

服務員： 晚上好。需要我幫忙嗎？

손님 ： 7 시 자리를 예약했습니다.

顧客 : 我們預訂了 7 點的座位。

종업원 : 진 선생님이시지요. 흡연구
아니면은 금연구역을 원하
니까?

服務員 : 是……陳先生。要吸煙區還是
無煙區?

손님 : 금연구역입니다.

顧客 : 無煙區。

종업원 : 들어오세요.

服務員 : 請進。

情景二

손님 : 창가쪽 자리가 있습니까?

顧客 : 有靠窗的座位嗎?

종업원 : 네, 있습니다. 이 자리는 어
떻습니까?

服務員 : 有。這個怎麼樣?

손님 : 괜찮습니다. 고맙습니다.

顧客 : 好多了。謝謝。

情景三

손님 : 창가쪽 자리가 있습니까?

顧客 : 有靠窗的座位嗎？

종업원 : 자리가 있습니다만 흡연구역 입니다. 어떻습니까?

服務員 : 有。但是在吸煙區。你覺得可 以嗎？

손님 : 아…제가 담배 피우는 것을 싫어합니다. 금연구역이 좋겠 네요.

顧客 : 嗯……我受不了吞雲吐霧。就 要無煙區的位子。

단어
詞彙

• 자리예약 리스트
  訂位名單

4.3 음료수 주문
點飲料

손님　　 : 메뉴 좀 보여 주세요.
顧客　　 : 請給我們拿菜單來。

종업원 : 메뉴 여기 있습니다. 이 식당
의 불고기와 삼계탕이 인기
가 많습니다. 무슨 음료수나
술을 드시겠습니까?

服務員 : 菜單給你。我們飯店的烤肉和
參雞湯很有名。你們要甚麼酒
水嗎?

손님 1 : ＿＿＿＿＿＿＿ 한 병주세요.
顧客 1 : 我要一杯 ＿＿＿＿＿＿ 。

- 샴페인
香檳酒

- 와인
紅葡萄酒

- 맥주
啤酒

백세주

百歲酒

종업원 : 여사님께서 뭘 드시겠습니까?

服務員 : 好，那你呢，女士？

손님 2 : _____ 주세요.

顧客 2 : 我要 _____ 。

- 맥주 한 잔
  一杯啤酒

- 콜라 한 잔
  一杯可樂

- 레몬 쥬스 한 잔
  一杯檸檬水

손님 : 먼저 메뉴 좀 보고 이따가 주문하겠습니다.

顧客 : 我們要看一下菜單，過一會再點菜。

4.4 음식주문
點食物

| 情景一

손님 1 : 이리 좀 봐요.

顧客 1 : 服務員，請過來！

종업원 : 네, 선생님. 주문하시겠습니까?

服務員 : 是，先生。你準備點菜嗎？

손님 1 : 네. _____ 을(를) 주문하겠습니다.

顧客 1 : 是。我想點 _____ 。

- 불고기
  烤牛肉

- 삼계탕
  參雞湯

- 비빔밥
  拌飯

종업원 : 여사님은요?

服務員：你呢，女士？

손님２：갈비탕 하겠습니다.

顧客２：我點排骨湯。

情景二

종업원：여사분은 주식을, 뭘 드시겠
　　　　습니까?

服務員：你要甚麼主菜呢，女士？

손님２：삼계탕을 주세요.

顧客２：我要參雞湯。

종업원：선생님은요?

服務員：你呢，先生？

손님１：쇠갈비를 주세요.

顧客１：我要烤牛排肉。

종업원：(1)어느 정도 익혀야 됩니까?

服務員：(1) 你想要幾成熟？

　　　　(2)고기는 어느 정도 익혀야
　　　　　　됩니까?

　　　　(2) 肉要幾成熟？

손님 1 : _____.
顧客 1 : _____。

- 3분 정도
  三分熟
- 5분 정도
  五分熟
- 완전히 익힌 정도
  全熟

情景三

종업원 : (1) 다 시키셨습니까?
服務員 : (1) 就這些了嗎？

종업원 : (2) 더 시키실 것 있습니까?
服務員 : (2) 還要別的嗎？

손님 1 : (1) 됐습니다. 고맙습니다.
顧客 1 : (1) 就這些，謝謝。

손님 1 : (2) 아닙니다. 감사합니다.
顧客 1 : (2) 沒有別的，謝謝。

손님 1 : (3) 후식으로 과자를 좀 주문

84

하고 싶은데요.＿＿＿＿＿
있습니까?

顧客 1 : (3) 我想要一些餐後甜點。有
＿＿＿＿＿ 嗎？

* 계란 과자
蛋奶酥

* 치즈 케이크
奶酪蛋糕

* 푸딩
布丁

* 과일떡
水果餡餅

종업원 : 계란과자와 치즈 케이크가 있
습니다.

服務員 : 有蛋奶酥和奶酪蛋糕。

손님 1 : 무슨 과자가 있습니까?

顧客 1 : 有哪種蛋奶酥？

종업원 : 밤, 귤과 앵두맛 과자가 있습
니다.

服務員 : 栗子，桔子和櫻桃的。

손님 1 : 밤맛과자 2 인분 주세요.

顧客 1 : 請來兩份栗子蛋奶酥。

종업원 : 알겠습니다. 또 필요하면 불러 주세요.

服務員 : 好。如果有其他需要請告訴我。

4.5 물건 요구
要東西

손님 : 여기요, ＿＿＿＿＿ 주세요.

顧客 : 服務員，請過來。我們要 ＿＿＿＿＿。

- 젓가락 한모
  一雙筷子

- 냅킨 하나
  一塊餐巾

- 티스푼 하나
  一把茶匙

- 술잔 하나
  一個酒杯

- 접시 하나
  一個盤子

- 이쑤시개 하나
  一根牙籤

종업원 : 알았습니다. 곧 갖다 드리겠
        습니다.
服務員 : 好，先生。我馬上給你拿來。

손님 : 고맙습니다. _____ 좀
         주세요.
顧客 : 謝謝。請再給我們拿 _____。

- 설탕
  點糖

- 소금
  點鹽

- 후추 가루
  點胡椒粉

- 고추장
  點辣椒醬

4.6 불량식품신고
投訴食物質素

손님 : 이리 좀 봐요.

顧客 : 服務員，請過來。

종업원 : 네, 선생님. 뭘 도와 드릴까요?

服務員 : 是，先生。你需要甚麼嗎？

손님 : 이 새우는 못 먹겠네요. 냄새가 고약하고 맛도 시어졌어요.

顧客 : 這個對蝦有問題。氣味難聞，味道也發酸。

종업원 : 선생님, 정말 죄송합니다. 새걸로 다시 갖다 드리겠습니다.

服務員 : 先生，真抱歉。我把它端走，再給你端一份來。

손님 : (1) 됐어요. 고마워요. 계산하주세요.

顧客 : (1) 不了，謝謝。請給我結賬吧。

(2)새우는 안 먹겠어요. 삼계
탕 한 그릇 주세요.
(2) 嗯，我不想再要對蝦了。請
給我一個參雞湯。

단어
詞彙

- 식다
  冷的，放涼的
- 고약하다
  臭的，壞的
- 시어지다
  不新鮮的，變味的

4.7 서비스에 대한 신고
投訴服務有問題

情景一

종업원 : 이 것은 꼬리곰탕과 소주입

니다. 이것은 여사님의 갈비
탕입니다.

服務員 : 這是你的，牛尾湯和燒酒。給
你的，女士，排骨湯。

손님 : 전 꼬리곰탕을 시키지 않았
습니다.

顧客 : 我沒有點牛尾湯。

종업원 : 그럼, 선생님, 뭘 시켰습니까?

服務員 : 先生，你點了甚麼菜？

손님 : 탕수육인데요.

顧客 : 糖醋肉。

종업원 : 죄송합니다. 곧 갖다 드리겠
습니다.

服務員 : 先生，對不起。我馬上把你點
的菜拿來。

情景二

손님 : 저기요. 이리 좀 와 봐요.

顧客 : 服務員，請過來。

종업원 : 네, 선생님, 뭘 도와드릴까요?

90

服務員 ： 是，先生。需要我做甚麼？

손님 ： (1)제가 반 시간 전에 감자 탕을 시켰는데 이직 안 나왔거든요.
(2)제가 시킨 음식은 왜 이직 안 나왔습니까？

顧客 ： (1) 我半小時前就點了土豆排骨湯。到現在還沒上。
(2) 我點的菜怎麼樣了？到現在還沒上。

종업원 ： 죄송합니다. 체크해 드리겠습니다.

服務員 ： 對不起，先生。我替你查一下。

종업원 ： 안녕하세요. 뭘 도와 드릴까요？

服務員 ： 晚上好，我有甚麼可以幫到你嗎？

손님 ： 제가 8시의 자리 두 개 예약했습니다.

顧客	：	我預訂了8點兩個人的座位。

종업원 ： 성함이 어떻게 되세요?

服務員 ： 請說一下你的姓名？

손님 ： 제가 황가입니다.

顧客 ： 我姓黃。

종업원 ： 황 선생님, 죄송하지만 우리 예약 리스트에서 황 선생님의 성함을 못 찾았습니다.

服務員 ： 黃先生，對不起，我在訂位名單裏沒找到你的姓名。

손님 ： 제가 오후 2시에 자리를 예약했습니다. 어떻게 된 거지요?

顧客 ： 我是下午兩點訂的座位。出了甚麼問題？

종업원 ： 잠깐만 기다려 주세요. 황 선생님, 죄송합니다. 저희들이 실수했습니다. 어서 들어오세요.

服務員 ： 黃先生，等等一下。先生，真抱歉，我們出錯了。請進。

4.8 계산
付賬

손님　　：계산해 주세요.
顧客　　：請給我們結賬。

종업원　：계산서 여기 있습니다.
服務員：這是你的賬單。

손님　　：계산이 잘못 된 것 같습니다.
　　　　　저는 버섯탕을 안시켰는데요.
顧客　　：賬單好像算錯了。我沒有點蘑菇湯。

종업원　：죄송합니다. 잘못 계산했습니다. 다시 계산해 드리겠습니다.
服務員：先生，對不起，我們出錯了。我馬上給你更正。

손님　　：그래요. 신용카드로 계산해도 됩니까?
顧客　　：好。我能用信用卡付錢嗎？

종업원　：(1)죄송합니다. 여기서 신용

93

카드가 안 됩니다.

(2)2 만원을 넘어설 때만 신용카드를 쓸 수 있습니다. 선생님의 요금은 만 오 천원밖에 안 됩니다.

(3)신용카드를 쓸 수 있습니다.

服務員 : (1) 先生，對不起，我們不收信用卡。

(2) 只有總額超過兩萬圓才收信用卡，而你現在總額只有一萬五千圓。

(3) 可以用信用卡。

종업원 : 선생님의 카드와 영수증이 여기 있습니다. 싸인 주세요.

服務員 : 先生，這是你的卡和收據，請簽字。

손님   : 밑에 싸인을 해야 됩니까?

顧客 : 我要簽在下面嗎？

종업원 : 아무데도 괜찮습니다. 여기

영수증 입니다.

服務員 : 甚麼地方都行。這是收據副
本。

손님   : 감사합니다.

顧客   : 謝謝。

종업원 : 안녕히 가세요, 또 오세요.

服務員 : 謝謝，再見。

단어
詞彙

- 현금
  現金
- 영수증
  收據，發票
- 각자 따로 계산함
  分開結賬，各結各賬

5. 기초회화
日常會話

5.1 인사
打招呼

情景一

관광객 1 : _____.
遊客 1 : _____ 。

- 안녕하세요?
  你好！

- 안녕하십니까?
  你好嗎？

관광객 2 : _____.
遊客 2 : _____ 。

- 안녕하세요?
  你好！

- 안녕하십니까?
  你好嗎？

관광객 1	: 저는 _____ 입니다. 처음 뵙겠습니다.
遊客 1	: 我叫 _____。初次見面很高興。
관광객 2	: 저는 _____ 입니다. 만나서 반갑습니다.
遊客 2	: 我叫 _____。很高興認識你。

情景二

관광객 1	: 어디에서 오셨습니까?
遊客 1	: 你是哪裏人？
관광객 2	: 홍콩에서 왔습니다.
遊客 2	: 我是香港人。
관광객 1	: 어디에서 일하십니까?
遊客 1	: 你在哪裏工作？（你做甚麼工作？）
관광객 2	: 광고회사에서 일합니다. 당신은요?
遊客 2	: 在廣告公司。你呢？

관광객 1 : 저는 은행에서 일합니다.
遊客 1　　：我在銀行工作。

단어
詞彙

- 직업, 일하다
  職業 · 工作

5.2 환전
兌換貨幣

情景一

문 : 어디에서 _____ 을/를 환
　　전할 수 있습니까?
問 : 我能在哪裏兌換 _____ ?

- 화폐
  貨幣

- 원
  韓圓

- 달러
  美元

- 여행자 수표
  旅行支票

답 : 은행이나 호텔에 있는 외환창구
　　에 가서 환전할 수 있습니다.

答 : 你可以到銀行或酒店的外匯兌換處
　　去換。

문 : 저는 홍콩 달러를 ＿＿＿＿＿ (으)
　　로 환전하려고 하는데요. 환율은
　　얼마입니까?

問 : 我想把港元換成 ＿＿＿＿＿ 。
　　兌換率是多少？

- 원
  韓圓

- 파운드
  英鎊

- 유로
  歐元

- 달러
  美元

- 크로네
  克朗

- 루블
  盧布

답 : 100 홍콩 달러에 13000 원을
바꿀 수 있습니다. 얼마 바꾸시
겠습니까?

答 : 100 港元換 13000 韓圜。你想換
多少?

문 : 3000 홍콩 달러를 한국돈으로 바
꾸려고 합니다. 신용카드는 사용
할 수 있습니까?

問 : 我想把 3000 港元換成韓圜。你們
收信用卡嗎?

답 : 네, 사용할 수 있습니다. 하지만
10%의 서비스세를 내셔야 합니
다.

答 : 收信用卡,但是要收 10% 的服務
費。

문 : 그럼 현금으로 하겠습니다.
問 : 嗯，那我就付現金好了。

情景二

문 : 근처에 은행이 있습니까?
問 : 附近有銀行嗎？

답 : 거기에 가려면 15분을 걸립니다. 환전하려고 합니까?
答 : 到那裏要走 15 分鐘路。你是要換錢嗎？

문 : 아닙니다. 개인 수표 한 장을 바꾸려고 합니다. 은행 영업시간은 몇 시 입니까？
問 : 不，不是。我是要兌換一張個人支票。銀行營業時間是幾點？

답 : 오전 9시에 문을 열고 오후 5시에 닫습니다.
答 : 上午 9 點開門。下午 5 點關門。

단어
詞彙

• 수표
支票

5.3 팁
給小費

손님 : 내 짐은 아주 무겁습니다. 포터를 불러 주십시오.

客人 : 我的行李很重。請給我找個行李員。

안내원 : 네, 찾아 드리겠습니다. 짐을 가지고 당신 룸으로 모시도록 하겠습니다.

接待員 : 好。我給你找一個。他會拿行李帶你去房間。

포터 : 선생님, 여기 당신의 룸입니다. 여행용 가방 4 개입니다.

行李員 : 先生, 這是你的房間。四個手

102

		提箱。
손님	:	저는 여행용 가방 5 개가 있는 데요. 노란 것이 없어졌습니다.
客人	:	但我有五個手提箱。黃的那個 不見了。
포터	:	잠시만 기다리세요. 선생님, 제가 찾아 드리겠습니다.
行李員	:	請稍等，先生。讓我找一下。
포터	:	선생님, 이것을 보십시오. 당신의 것입니까?
行李員	:	先生，請你看看這個。是你的 嗎？
손님	:	네, 감사합니다. 이것은 팁입니다.
客人	:	是，謝謝。給你的小費。
포터	:	고맙습니다. 즐겁게 지내시기를 바랍니다.
行李員	:	謝謝，先生。祝你愉快。

단어
詞彙

- 포터 종업원
  行李員
- 호텔 종업원
  酒店服務員

5.4 사진촬영 청탁
請人給你拍照

문 : 실례지만, 선생님. _____ 주
시겠습니까?

問 : 麻煩一下，先生。你能_____?

- 좀 도와
  幫個忙嗎
- 사진 좀 찍어
  給我們照張相嗎

답 : 네.
答 : 可以。

문 : 버튼을 누르면 됩니까?

問 : 按一下鈕就行?

답 : 빨간 것입니까?

答 : 紅色的。

답 : 네, 맞습니다.

答 : 對，沒錯。

문 : 남산타워를 배경으로 찍어 주세요.

問 : 請你把南山塔拍到背景裏，好嗎？

답 : 알겠습니다.

答 : 沒問題。

답 : 오른 쪽으로 좀 이동해 주시겠습니까?

答 : 你往你右邊移動一點好嗎？

문 : 이렇게 하면 됩니까?

問 : 這樣行嗎？

답 : 하나, 둘, 셋…웃으세요!

答 : 一，二，三……笑！

문 : 대단히 감사합니다.

問 : 非常感謝。

답 : 천만에요.
答 : 不用謝。

5.5 길 묻기
問路

문 : _____ 가(이) 어디에 있습니까?

問 : 哪裏有 _____ ?

- 화장실
  洗手間
- 상업센터
  商業中心
- 미용실
  美容院
- 당구실
  枱球室
- 스포츠센터
  康樂中心

- 전화기
  電話

답 : _____ 에 있습니다.
答 : 在 _____ 。

- 3층
  三樓

- 모퉁이 옆
  在拐角處

- 在엘리베이터 옆
  電梯旁邊

단어
詞彙

- 욕실, 목욕탕
  浴室‧盥洗室

- 엘리베이터
  電梯

- 화장실
  廁所

- 화장실
  洗手間

5.6 정보문의
詢問資料

情景一

문 : ＿＿＿＿＿＿ 좀 알려 주시겠어요?
問 : 你能告訴我 ＿＿＿＿＿＿ 嗎？

- 지금 몇 시인지
  現在幾點

- 정가를
  標價

- 오늘은 무슨 요일인지
  今天星期幾

답 : 네, ＿＿＿＿＿＿ 입니다.
答 : 可以。是 ＿＿＿＿＿＿ 。

- 열두 시
  12:00

- 하나에 2500 원
  2500 韓圓一個
- 화요일
  星期二

情景二

문: _____ 말씀해 주시겠습니까?

問: 你能説 _____ 嗎？

- 좀 크게
  大聲點
- 천천히
  再慢點

답: 네.

答: 可以。

情景三

문: 이 꽃은 참 아름답군요.

問: 這些花好漂亮啊！

답 : 아름다울 뿐만 아니라 오랫동안
　　피어갈 수 있습니다. 사계절에 피
　　는 꽃입니다.

答 : 它們不僅漂亮，還能開很久。是四
　　季常開的鮮花。

문 : 뭐라고 합니까?

問 : 它們叫甚麼？

답 : 진달래라고 합니다.

答 : 叫金達萊。

5.7 호소와 사과
投訴和道歉

| 情景一 |

문 : 죄송하지만 여기는 제 자리입니
　　다.

問 : 對不起，你佔了我的座位。

답 : 그렇습니까? 탑승 권을 좀 보자.
　　27B 입니다.

答：嗯，讓我看一下登機證。是27B。

군 : 여기는 21 열입니다.

問：這裏是 21 排。

답：미안합니다. 제가 틀렸습니다.

答：哦，對不起。我弄錯了。

문：괜찮습니다.

問：沒關係。

情景二

문：죄송하지만 여기는 금연구역입니다. 여기서 담배 피우면 안 됩니다.

問：對不起，這是無煙區。你不能在這裏抽煙。

답：미안합니다. 제가 표시를 못 보았습니다.

答：哦，對不起。我沒注意到標誌。

문：괜찮습니다.

問：沒甚麼。

111

情景三

문 : 실례하지만 의자를 차지 마세요.

問 : 對不起，你別踢椅背可以嗎？

답 : 폐를 끼쳐 죄송합니다.

答 : 哦，抱歉打擾你了。

문 : 괜찮습니다.

問 : 沒關係。

5.8 날씨
談論天氣

情景一

문 : 오늘 날씨가 어떻습니까?

問 : 今天天氣怎麼樣？

답 : 오늘 날씨가 참 좋습니다.

答 : 今天天氣真好！

문 : 춥지도 않고 덥지도 않습니다. 참
좋은 날씨네요.

問：既不冷又不熱。多可愛的天氣啊！

문：공원에 산책하러 갈까요?

答：我們去公園散散步吧。

문：좋은 생각입니다.

問：好主意。

情景二

문：오늘 날씨가 어떻습니까?

問：今天天氣怎麼樣？

답：오늘은 아주 춥습니다.

答：今天可真冷。

문：그렇습니다. 작년 이맘때에는 눈
이 많이 내렸죠?

問：是啊！去年這個時候是不是常常下
雪？

답：신문에 의하면 작년에는 눈이 많
이 내렸다고 합니다. 하지만 날
씨가 변덕이 심해서 제가 확실하
게 말할 수가 없습니다.

答：我看到報紙說去年下了很多場雪。

　　可我不敢肯定，因為天氣變幻莫測。

문 : 오늘은 눈이 내렸으면 좋겠습니다.

問 : 我盼望今天能看到下雪。

답 : 저도 그렇게 생각합니다.

答 : 我也是。

단어
詞彙

- 흐린 날씨
  陰天

- 맑은 날씨
  晴天

- 따뜻한 날씨
  溫和天氣

- 열악한 날씨, 나쁜 날씨
  惡劣天氣

- 습기가 많은 날씨
  潮濕天氣

6. 긴급상황
緊急情況

6.1 <u>짐을 잃었을 때</u>
丟失行李

情景一

승객 : 제 트렁크가 없어졌습니다.

乘客 : 我的手提箱不見了。

공항 종업원 : 어떤 트렁크인가요?

機場服務員 : 它是甚麼樣子的？

승객 : 금색 손잡이가 있는 갈색 트렁 크입니다.

乘客 : 是個有金色把手的棕色小箱子。

공항 종업원 : 짐표가 있습니까?

機場服務員 : 你有行李標籤嗎，先 生？

승객 : 예, 여기 있습니다.

乘客 : 給你。

| 情景二

승객 : 찾았습니까?

乘客：找到了嗎？

공항 종업원 : 죄송합니다. 아직 못
　　　　　　　찾았습니다.

機場服務員 : 對不起，我們還沒有找
　　　　　　　到。

승객 : 그럼 어떻게 하지요?

乘客：我該怎麼辦？

공항 종업원 : 전화번호 좀 알려주세
　　　　　　　요. 찾으면 연락해 드
　　　　　　　리겠습니다.

機場服務員 : 請提供你的聯繫方法。
　　　　　　　如果找到了我們就與你
　　　　　　　聯繫。

승객 : 감사합니다.

乘客：謝謝。

- 짐 찾는 곳

  行李／包裹認領處

- 짐표

  行李標籤

- 중형

  中型的，中號的

6.2 신용카드 분실

丟失信用卡

종업원 : 여기는 조선호텔의 유실물 보
관소입니다. 무엇을 도와 드
릴까요?

服務員 : 這是朝鮮飯店失物招領處。我
能幫你甚麼？

손님 : 저는 신용 카드를 잃어버렸
는데 여기에 있는지 좀 확인
하고 싶은데요.

客人 : 我丟失了信用卡。我想知道你
們有沒有拾到。

종업원 : 죄송하지만 성함을 좀 알려
주겠습니까?

服務員 : 我看一下。請你說一下姓名,
好嗎?

손님 : 예, 메리·황입니다. "황"은
W-O-N-G 입니다. 잃어버
린 카드는 비자(visa) 카드
입니다.

客人 : 好的。瑪麗·黃。「黃」是W-
O－N－G。丟的是維薩卡。

종업원 : 확인해 보겠습니다. 자, 여기
있습니다. 근무 시간에 찾으
러 오세요.

服務員 : 我看一下。黃小姐。它就在這
裏。你可以在辦公時間內來領
回。

손님 : 정말 다행입니다. 그럼 몇 시
에 퇴근합니까?

人 : 謝天謝地。你們幾點下班？

業員 : 저녁 7 시 반입니다。

服務員 : 晚上七點半。

손님 : 7 시 반전에 찾으러 가겠습니다。

客人 : 我應該能在七點半前趕到這裏。

6.3 소매치기와 도둑
扒手和小偷

관광객 : 큰 일이 났어요. 경찰을 불러 주세요!

遊客 : 來人啊！來人啊！快叫警察！

가이드 : 무슨 일 입니까?

導遊 : 出甚麼事了？

관광객 : 제 지갑이 도난당했습니다。

遊客 : 有人偷了我的錢包。

가이드 : 어디서 도난당했어요?

導遊 : 在哪裏被偷的？

119

관광객 :	저도 잘 모르겠는데요. 거 에서 도둑맞은 것 같아요.
遊客 :	我也不清楚。可能是在街上被 偷的。
가이드 :	어떤 지갑인가요?
導遊 :	是甚麼樣的錢包？
관광객 :	빨간색 프라다 가죽지갑입니 다.
遊客 :	是一個紅色的普拉達真皮錢 包。
가이드 :	지갑에 뭐가 들어 있습니까?
導遊 :	錢包裏有甚麼？
관광객 :	신용 카드 한 장과현금 30 만원이 들어 있습니다.
遊客 :	一張信用卡和 30 萬韓圓。

단어
詞彙

• 경찰국
　警察局

120

소매치기
小偷

* 도둑
  盜賊

* 탐정
  偵探

* 목격 증인
  目擊證人

6.4 화재
火災

情景一

손님 : 불이 났습니다. 사람 살려!

客人 : 着火了！救命啊！

종업원 : 방에서 빨리 나와요! 빨리요!

服務員 : 從房間裏出來，快點！

손님 : 긴급 통로가 어디 있습니까?

客人 : 緊急通道在哪裏？

121

종업원：매층의 양측에 다 있습니다.

服務員：每層樓的兩側都有一個。

情景二

손님 ： 살려주세요! 문이 막혀서 니
 갈 수가 없어요.

客人 ： 救命！我的門被卡住了！我出
 不來！

종업원：진정하세요! 방 번호는 몇 번
 이지요?

服務員：別慌張！你的房間號是多少？

손님 ： 1204 호입니다. 빨리요!

客人 ： 1204。請快點！

종업원：소방 대원들이 곧 올 거예요.
 연기가 들어가면 물 수건으
 로 코와 입을 막아 주세요.

服務員：消防隊員馬上就趕過來。如果
 房間裏進煙了，就用一塊濕毛
 巾搗住鼻子和嘴。

- 응급 엘리베이터
  應急電梯

  응급계단
  應急樓梯

- 응급등
  應急燈

- 화재경보
  火警

- 소방차
  消防車

- 소화기
  滅火器

- 소방전
  消防栓

- 불을 끄다 / 소화하다
  滅火

6.5 교통사고
道路事故

승객 : 승용차가 저를 부딪쳐 넘어
　　　 렸습니다.

乘客 : 有輛汽車把我撞倒了。

경관 : 어디 좀 다쳤어요?

警官 : 你受傷了嗎？

승객 : 예, 보세요. 오른 다리는 부러
　　　 지고 오른 손은 아직 피가 나고
　　　 있습니다.

乘客 : 是的，我的右腿斷了。我的右手
　　　 還在流血，你看。

경관 : 사고가 어떻게 난겁니까?

警官 : 事故是怎麼發生的？

승객 : 제가 거리를 건너갔을 때 발생
　　　 했지요. 그 차는 뺑소니쳤습니
　　　 다.

乘客 : 在我過馬路時發生的。那輛車逃
　　　 離現場了。

警官 : 차는 어떤 차입니까?

警官 : 那是輛甚麼樣的車？

乘客 : 검은 색 현대차입니다.

乘客 : 是輛黑色的現代車。

警官 : 차량번호를 봤습니까?

警官 : 你看到它的車牌號碼了嗎？

乘客 : (1) 예, 봤습니다. A8912 입
　　　니다.

乘客 : (1) 看到了，是 A8912。

乘客 : (2) 차가 너무 빨라서 못 봤습
　　　니다.

乘客 : (2) 我沒看到，因為車開得很快。

6.6 비행기 긴급 상황
飛機的緊急情況

女乘務員 : 엔진고장으로 인해 비행기
　　　　　는 긴급 착륙하겠습니다.

女乘務員 : 因為引擎故障，飛機將作緊
　　　　　急降落。

승객 : 안전하게 착륙할 수 있을까요

乘客：我們能安全降落嗎？

여승무원 : 진정하세요! 저희들의 지시
대로 하십시오.

女乘務員：別慌張！請照我們的指示
做。

승객 여러분 안전 벨트를 곧 착용해
주십시오. 그리고 자리 밑의 구명 동
의를 꺼내 입어 주세요.

各位乘客，請你們馬上繫好安全帶。
取出座位下的救生衣然後穿上。

승객 : 지금 구명 동의에 바람을 넣을
까요?

乘客：我們現在要給救生衣充氣嗎？

여승무원 : 아니오, 기내에서 바람을
넣지 말고, 비행기에서 내
릴 때 빨간 끈을 당겨 바람
을 넣으세요.

女乘務員：不，在機艙裏不用充氣。你
們一離開飛機，就拉下紅色
的小帶給它充氣。

126

客 : 긴급 출구는 어디 있습니까?
客 : 緊急出口在哪裏？

여승무원 : 이 비행기에는 출구가 8 개
　　　　　있는데 가장 가까운 출구
　　　　　를 이용하세요.
女乘務員 : 本機有8個緊急出口。請使
　　　　　用離你們最近的那個。

단어
詞彙

- 블랙 박스
  黑盒子

- 항공기 납치
  劫機

- 산소 마스크
  氧氣面罩

- 불시착
  迫降

- 구명 동의
  救生衣

6.7 사기
詐騙

情景一

양아치 : 방 번호 좀 알려줄 수 있으
요? 11시에 모시러 오겠습
니다.

小流氓 : 能告訴我你的房間號嗎？我
11點來接你。

여자 : 식구랑 같이 있으니까 알려
줄 수 없어요.

女性 : 我和家人在一起，所以不能把
房間號給你。

情景二

양아치 : 맥주 마실래요?

小流氓 : 喝杯啤酒嗎，親愛的？

여자 : (1)전 술을 안 마셔요.

女性 : (1) 我不喝酒。

子	: (2)남자 친구를 기다리고 있어요.
性	: (2) 我在等我男朋友。

情景三

양아치	: 야, 아가씨, 어디가요?
小流氓	: 嗨，性感小妞！你要去哪裏？
여자	: (1)상관하지 마.
女性	: (1) 不關你的事。
여자	: (2)내 친구가 곧 온다.
女性	: (2) 我的朋友就要來了。

情景四

양아치	: 내가 아주 좋은 곳을 아는데가 볼래요?
小流氓	: 我知道一個非常刺激的地方，你有興趣嗎？
여자	: 관심 하나도 없어.
女性	: 一點都不感興趣。

129

단어
詞彙

- 양아치
  小流氓

- 혐오스럽다
  討厭的

- 성추행
  性騷擾

- 염치없다
  無恥的

6.8 식중독
食物中毒

환자 : 저는 계속 설사하고 있습니다

病人 : 我一直在拉肚子。

의사 : 이 증상이 언제부터 시작했습니까?

醫生 : 這種症狀從甚麼時候開始的?

자 : 점심을 먹은 후부터 시작했습니다.

人 : 就在午飯後。

의사 : 무엇을 드셨습니까?

生 : 你吃了甚麼？

환자 : 생 새우를 먹었습니다.

病人 : 我吃了一點生龍蝦。

의사 : 처음으로 생 새우를 드신 겁니까?

醫生 : 你是第一次吃生龍蝦嗎？

환자 : 예, 무슨 병에 걸렸습니까, 의사 선생님？

病人 : 是的。我得了甚麼病，醫生？

의사 : 식중독 인 것 같습니다. 가서 대변 검사를 하세요.

醫生 : 可能是食物中毒。請去驗一下大便。

단어
詞彙

- 설사
  腹瀉

- 장질병
  腸道疾病

- 윗병
  胃痛

- 구역질하다, 메스껍다
  作嘔

- 대변 검사
  驗糞

- 소변검사
  驗尿

- 구토하다
  嘔吐

- 급진
  急診

- 구급
  急救

7. 관광
觀光

7.1 박물관
博物館

情景一

문 : 민속 박물관에서 무엇을 전시하
　　고 있습니까?

問 : 民俗博物館在展覽甚麼?

답 : 한국 복식을 전시하고 있습니다.

答 : 一個韓國服飾展。

情景二

문 : 민속 박물관은 언제 문을 엽니까?

問 : 民俗博物館甚麼時間開放?

답 : 화요일부터 금요일까지는 저녁 9
　　시에 문을 열고 오후 6 시에 문을
　　닫습니다. 토요일, 일요일과 공

休일 에는 오전 9시에 문 열

오후 7 시에 문을 닫습니다.

요일은 쉬는 날입니다.

答 : 星期二到星期五，早上九點開館

下午六點閉館。星期六、星期日和

公眾假期早上九點開館，下午七點

閉館。星期一閉館。

情景三

문 : 박물관 지도는 어디에 있습니

까?

問 : 哪裏有博物館地圖？

답 1 : 서비스 센터에 가서 무료로 받

을 수 있습니다.

答 1 : 你可以在服務台免費拿到。

답 2 : 매표소에서 살 수 있습니다.

答 2 : 你可以在票務處買到。

問 : 여기서 사진을 찍을 수 있습니까?

問 : 我可以在這裏拍照嗎?

답1 : 죄송합니다. 전람실에서 사진을 찍으면 안 됩니다.

答1 : 對不起,展覽大廳不允許拍照。

답2 : 손님, 죄송하지만 여기서 사진을 찍을 수 없습니다.

答2 : 抱歉,女士,你不能在這裏拍照。

단어
詞彙

• 골동품
  古董

• 캘러리
  美術畫廊

- 수장
  收藏
- 전시품 리스트
  展示目錄
- 유화
  油畵
- 촬영
  攝影
- 조각
  雕塑
- 관광 안내책자
  旅遊手冊
- 수먹화
  水墨畵
- 수채화
  水彩畵
- 목판화
  木版畵

7.2 모래톱
海灘

情景一

問 : 제주도 해안에 가 본 적이 있습니까?

問 : 你去過濟州島海岸嗎?

답1 : 네, 작년 여름에 한번 갔었습니다. 거기는 제가 가 봤던 제일 좋은 피서지중의 하나입니다.

答1 : 去過，我去年夏天在那裏。它是我去過的最好避暑勝地之一。

답2 : 거기에 가서 햇빛을 누릴 수 있으면 좋겠습니다.

答2 : 我希望我能到那裏享受陽光。

情景二

문 : 오늘 바다 파도가 어떻습니까?

問 : 今天的海浪怎麼樣?

답1: 너무 작아서 서핑할 수 없습니다.

答1: 太小了，不能滑浪。

답2: 서핑할 수 있는 정도로 큽니다.

答2: 大到可以去滑浪了。

情景三

문: 어디서 서핑 보드를 빌릴 수 있습니까?

問: 哪裏可以租到滑浪板？

답: 거기 서핑 전용품 상점에 가서 빌릴 수 있습니다.

答: 你可以到那邊的滑浪用品店租。

情景四

문: 이 짧은 보드는 타기 안 좋습니다. 좀 바꿔 줄 수 있습니까?

問: 這塊短板不好用。能換一塊嗎？

답: 네, 이거 해 보세요.

店員: 可以。試試這塊。

한어
詞彙

- 수영복
  泳裝

- 잠수
  潛水

- 잠수 마스크
  潛水面罩

- 발 물갈퀴
  腳蹼

- 돛단배 운동
  帆船運動

- 잠수 호흡관
  (潛泳者用的) 水下呼吸管

- 서핑보드 로프
  滑浪板繩／腿繩

- 서핑보드 백
  滑浪板袋

- 서핑보드 왁스
  滑浪板蠟

- 수영복
  （女）游泳衣

- 썰매
  滑水橇

7.3 위치
地標

情景一

문 : 내일 경복궁에 관광을 갑니까?
問 : 我們明天去參觀景福宮嗎？

답 : 네, 저는 정말 거기에 가고 싶습니다.
答 : 是的，我真盼望到那裏參觀。

문 : 63빌딩의 정상에 어떻게 올라갈 수 있습니까?
問 : 怎麼上去 63 Building 的頂部？

: 엘리베이터를 타거나 계단을 이용해서 올라갈 수 있습니다.

答 : 你可以坐電梯或爬一段長樓梯。

問 : 롯데월드의 입장권은 얼마입니까?

問 : 樂天世界的門票要多少錢?

답 : 어른은 한 장에 3 만 5 천원이고, 학생은 한 장에 1 만 8 천원입니다.

答 : 成人每位三萬五千圓。學生每位一萬八千圓。

문 : 우리는 민속촌의 김치 제작 실에 가 볼 수 있습니까?

問 : 我們可以去民俗村的泡菜製作間嗎?

답 : 예, 하지만 잠깐 기다려야 됩니다. 한 번에 30 명만 들어갈 수 있습니다.

答 : 可以，不過你們得等等。一次只允許 30 個人進去。

단어
詞彙

- 가이드 노선
  導遊陪同的行程

- 빌딩
  大廈

- 기념비
  紀念碑

- 천문대
  天文台

- 미술 엽서
  美術明信片

- 셀프 서비스 관광
  自助遊

- 고층 빌딩
  摩天樓

7.4 시내 관광
在市中心逛

情景一

문 : 서울에서 가장 좋은 관광지는 어
　　디입니까?

問 : 首爾最好看的景點是哪些？

답 : 어, 한강의 야경을 보지 않으면
　　안되지요. 경복궁에도 한번 가야
　　됩니다.

答 : 喔，千萬不能錯過漢江的夜景。景
　　福宮也一定要去。

情景二

문 : 저녁에 대학로에 가볼까요?

問 : 晚上去逛大學路好嗎？

답 : 좋아요. 서울에 와서 거기에 꼭
　　한번 가야 됩니다.

答 : 太好了。來到首爾，我可不能不去

那裏。

문 : 대학로에 가려면 시간이 얼마 걸릴 겁니까?

問 : 去大學路要多長時間？

답 : 택시로 가면 15분쯤 걸립니다.

答 : 坐出租車去大約要 15 分鐘。

단어
詞彙

- 거리
  大街
- 가로수 있는 거리
  林蔭大道
- 대형 쇼핑센터
  大型購物中心
- 인도
  人行道
- 광장
  廣場

- 차 없는 거리
  步行區

7.5 명승 고적
名勝古蹟

情景一

문 : 청와대는 일반대중에게 개방합니까?

問 : 青瓦台對公眾開放嗎？

답 : 네, 하지만 매년 국사청만 개방합니다.

答 : 是的，但每年僅開放國事廳。

문 : 국사청의 입장권을 사기 어렵지요?

問 : 參觀國事廳的票很難買到吧？

답 : 그래요. 미리 예약해야 합니다.

答 : 沒錯，你得提前訂成人全票。

145

情景二

관광객 1 : 여기는 불국사입니다. 1995년에 불국사는 유네스코에서 세계 문화 유산으로 지정 받았습니다.

遊客 1 : 這是佛國寺，1995年被聯合國教科文組織列入世界文化遺產之中。

관광객 2 : 정말 장관이군요!

遊客 2 : 太壯觀了！

관광객 1 : 여기의 석굴암은 세계에서 가장 정미한 불교석굴로 인정 받고 있습니다.

遊客 1 : 其中的石窟庵被認為是世界上最精美的佛教石窟。

단어
詞彙

• 성당
  教堂

146

- 가든
  花園

- 궁전
  宮殿

- 고적
  古蹟

- 개축
  翻修

- 유적
  遺址

7.6 교외에서
在郊外

情景一

문 : 농촌에 처음 와본 겁니까?

問 : 這是你第一次住在農村嗎？

답 : 아닙니다. 매년 여름방학 때 여
  기에 옵니다.

答：不是。我每年暑假都來這裏。

문 : 이 근처에 있는 산에 올라가 봤어요?

問：你去過附近的山嗎？

답 : 물론입니다. 산 정상의 풍경이 아주 아름답습니다.

答：當然去過！山頂的風景美極了。

情景二

문 : 이 버섯이 정말 신선하군요! 어디서 딴 겁니까?

問：多新鮮的蘑菇啊！你在哪裏採的？

답 : 숲에서 땄습니다. 비가 온 후 버섯이 자란답니다.

答：在樹林裏。雨後蘑菇就長出來了。

문 : 거기의 길은 걷기 어려웠습니까?

問：那裏的路很難走嗎？

답 : 네, 길이 젖고 질퍽거립니다. 고무장화를 신는게 좋겠습니다.

148

答：難，路濕，小路滿是泥濘。你最好
　　穿上膠靴。

단어
詞彙

- 사과 가든
  蘋果園
- 곡식 창고, 식량 창고
  穀倉，糧倉
- 젖소
  奶牛
- 젖소농장
  奶牛場
- 농가
  農舍
- 울타리
  柵欄
- 쇠스랑
  乾草叉

- 온천
  溫泉

- 트랙터
  拖拉機

7.7 공원
公園

情景一

문 : 춘천에서의 일정이 어떻게 되어
　　있어요?

問 : 我們在春川有甚麼活動?

답 : 첫날에 는 등산하면서 삼림의 풍
　　경을 구경하고, 두 번째 날에는
　　유람선을 타고 호수를 유람합니
　　다.

答 : 第一天你們步行上山,欣賞森林美
　　景。第二天,你們會乘船遊湖。

문 : 제가 여기서 캠프해도 됩니까?

問 : 我可以在這裏露營嗎?

150

답 : 됩니다. 관광객센터에서 텐트와
     침낭을 빌릴 수 있습니다.

答 : 可以。在遊客中心可以租帳篷和睡
    袋。

情景二

관광객 1 : 제주도는 정말 가볼 만한 곳
         입니다.

遊客 1　 : 濟州島真值得一遊。

관광객 2 : 무슨 특색이 있습니까?

遊客 2　 : 它有甚麼特色？

관광객 1 : 거기는 자연풍경이 아름답
         고, 네 계절이 다 봄과 같습
         니다.

遊客 1　 : 那裏自然風光優美，四季如
         春。

관광객 2 : 언제 가면 제일 좋습니까?

遊客 2　 : 甚麼時間最適合旅遊？

관광객 1 : 가을입니다. 그 때 되면 바
         로 유채화가 피고 귤을 수

확하는 계절입니다.

遊客 1 ： 秋季。那時候正是油菜花盛
開，橘子收穫的季節。

단어
詞彙

- 수족관
  水族館
- 식물원
  植物園
- 이층 버스
  雙層巴士
- 큰 텐트, 정자
  大帳篷，亭子
- 야외에서 식사를 함
  野餐
- 못
  池塘
- 셔틀 버스
  穿梭巴士

7.8 명절
節日

情景一

관광객 1 : 왜 외국인 축전에 가지 않
았습니까? 너무 좋았어요.

遊客 1 : 為甚麼不去外國人節？太好
玩了！

관광객 2 : 공연만 보러 가셨어요?

遊客 2 : 只是去看演出嗎？

관광객 1 : 아니오. 공연뿐만 아니지
요. 각 나라 전통음식의 전
시 등 많은 오락 행사가 있
었습니다.

遊客 1 : 不，它不只是演出。還有化
裝巡遊、各國傳統食物展覽
和許多其他娛樂活動。

153

| 情景二 |

관광객 1 : 온 몸에 땀이 시군요! 어디에 가셨어요?

遊客 1 : 你滿是汗！你去哪裏了？

관광객 2 : 저는 거리에서 행사대열로 막혀서 악대를 따라 갈 수밖에 없었어요. 주변에 다 노래하며 춤을 추는 사람들이었어요.

遊客 2 : 我被街上的巡遊隊伍堵住了，只好跟樂隊一起走。周圍全是載歌載舞的人羣。

관광객 1 : 사람을 흥분시키는 일이었겠군요.

遊客 1 : 那一定很刺激。

관광객 2 : 저는 차라리 해변의 모래사장에 누워있는 것이 낫습니다.

遊客 2 : 但我寧可躺在金色的海灘上。

단어
詞彙

- 북
  鼓

- 연회
  盛宴

- 꽃바구니
  花環

- 행진
  巡遊

8. 오락
娛樂

8.1 영화
電影

情景一

문 : 어떤 영화를 보시렵니까?

問 : 你想看哪部電影?

답 : 저《주먹이 운다》가 어떻습니까?
　　칸 영화제에서 상을 받은 영화입
　　니다.

答 : 那部《哭泣的拳頭》怎麼樣? 是一
　　部夏戈電影節得獎影片。

문 : 재미있을 것 같습니다. 누가 출
　　연했습니까?

問 : 好像有點意思。誰演的?

답 : 최민식과 류승범입니다.

答 : 崔岷植,柳承範。

| 情景二

문 : 7시 반에 상영될 《사랑의 불꽃》
　　표가 있습니까?

問 : 還有七點半放映的《愛的火花》的
　　票嗎？

답 : 있습니다.

答 : 有。

문 : 두 장 주십시오. 얼마입니까?

問 : 請給我兩張票。多少錢？

답 : 모두 만 9천원입니다.

答 : 共一萬九千圓。

문 : 여기 있습니다.

問 : 給你。

답 : 고맙습니다. 여기 잔거스름돈입
　　니다.

答 : 謝謝。這是找你的錢。

언어

詞彙

- 액션
  動作

- 매표 수익
  票房

- 코미디
  喜劇

- 공포
  恐怖，驚慄

- 사랑
  愛情

- 판타지
  科幻

- 비극
  悲劇

8.2 콘서트
音樂會

情景一

문 : 오늘 저녁에 누가 연주합니까?

問 : 今天晚上是誰演奏？

답 : 영국 로얄악단입니다.

答 : 是英國皇家樂團。

문 : 지휘는 누구입니까?

問 : 指揮是誰？

답 : 로림·마젤입니다 세계에서 가장
　　유명한 지휘가 중의 하나입니다.

答 : 洛林·馬澤爾。他是世界上最有名
　　的指揮之一。

情景二

관람객 : 김은영 씨를 좀 찾아주시겠
　　　　습니까? 급한 일이 있습니다.

聽眾　 : 你能幫我找一下金銀英嗎？有

急事。

안내원 : 알겠습니다. 자리번호를 아십니까?

引座員 : 沒問題。你知道她的座位號嗎?

관람객 : 알고 있어요. 15열 12호입니다.

聽眾 : 知道,是 15 排,12 號。

안내원 : 예, 잠깐만 기다리십시오. 찾아드리겠습니다.

引座員 : 好,請稍等。我進去找她。

단어
詞彙

- 지휘
  指揮

- 컨트리 뮤직
  鄉村音樂

- 허비 메탈 뮤직
  重金屬音樂

- 재즈
  爵士樂

- 관현악
  管弦樂隊

- 로큰롤 뮤직
  搖滾樂

- 안내원
  引座員

8.3 연극
戲劇

情景一

손님 : 내일 저녁 7시에 공연될 소극
       장 표 2장을 예약하고 싶습니
       다.

顧客 : 我要訂兩張明晚 7 點上演的
       小劇場票。

매표원 : 예. 어떤 자리 원하십니까?

售票員：	好。你想坐哪裏？
손님：	2층 앞줄 좌석으로 해 주세요.
顧客：	兩個二樓樓廳的前排座位。
매표원：	R열 15호와 16호가 됩니까?
售票員：	R排、15和16號，可以嗎？
손님：	예. 이걸로 하겠습니다.
顧客：	好，就要這兩張。

情景二

안내원：	실례합니다. 여기서 담배를 피우면 안됩니다.
引座員：	對不起，先生。你不能在這裏吸煙。
관람객：	예, 죄송합니다. 흡연구역이 어디에 있습니까？
聽眾：	噢，對不起，吸煙區在哪裏？
안내원：	저쪽 코너에 있습니다.
引座員：	在那邊，牆角那裏。

관람객 : 감사합니다.
聽眾　 : 謝謝。

단어
詞彙

- 복도
  信道

- 특등석
  包廂

- 하층로비
  下層樓廳

- 라우드스피크
  擴音器

- 무대
  舞台

- 정면 관람석
  正廳座位

- 이층 로비
  上層樓廳

8.4 운동
運動

情景一

손님	: 낚시기구를 대여하고 싶은데 얼마입니까?
顧客	: 我想租一套釣具。要多少錢?
종업원	: 2만 3천원입니다.
營業員	: 兩萬三千韓圓。
손님	: 미끼를 팝니까?
顧客	: 你們賣魚餌嗎?
종업원	: 어떤 미끼를 사시겠습니까? 지렁이를 사시겠습니까? 아니면 경단을 사시겠습니까?
營業員	: 你要哪種魚餌,蚯蚓還是生麵團?
손님	: 지렁이를 주십시오.
顧客	: 請給我蚯蚓。

情景二

관광객 1 : 수영하고 싶습니까?

遊客 1 ： 你想游泳嗎？

관광객 2 : 하고 싶은데 상어가 무서워요. 이 근처에 상어가 있어요?

遊客 2 ： 想是想，可我怕鯊魚。這附近有鯊魚嗎？

관광객 1 : 여기는 아주 안전합니다. 상어가 발견된 적이 없습니다. 그래도 보호시설을 설치했습니다.

遊客 1 ： 這裏相當安全，從來沒有發現過鯊魚。不過，還是設置了防鯊措施。

관광객 2 : 그러면 마음 좀 놓이네요. 가서 수영해 볼지도 몰라요.

遊客 2 ： 這讓我感覺好些。我也許會去試試。

단어
詞彙

- 활쏘기
  射箭

- 볼링
  保齡球

- 골프장
  高爾夫球場

- 스키
  滑雪

- 테니스장
  網球場

- 요트
  快艇

8.5 커피숍
咖啡店

情景一

손님	: 추천할 게 뭐가 있습니까?
顧客	: 你能推薦甚麼嗎？
종업원	: 즉석에서 만든 불루마우틴커피는 어떻습니까? 많은 손님들이 좋아하는 커핍니다.
服務員	: 現沖的藍山咖啡怎麼樣？很多顧客都喜歡喝的。
손님	: 원두커피는 어디서 생산된 겁니까?
顧客	: 咖啡豆是哪裏出產的？
종업원	: 자메이카에서 새로 수입한 것인데 품질이 아주 좋습니다.
服務員	: 剛從牙買加進口的，品質非常好。
손님	: 좋습니다. 불루 마우틴 한잔 주십시오.

顧客 ：好，就喝藍山吧，請給我一
　　　杯。

情景二

손님 ：특별한 스낵이 있습니까?

顧客 ：有甚麼特別的小吃嗎？

종업원：방금 구워낸 토스트가 있습니다.

服務員：我們有剛出爐的手工製作的麵包卷。

손님 ：1 인분 주십시오. 그리고 오늘의 《조선일보》가 있습니까?

顧客 ：請來一份。順便問一下，有今天的《朝鮮日報》嗎？

종업원：예, 있습니다. 잠시만 기다리십시오. 갖다 드리겠습니다.

服務員：有。請等一下，我去給你拿。

단어
詞彙

- 블랙커피
  黑咖啡

- (이탈리아) 카프치노
  (意大利) 卡普齊諾咖啡

- 치즈 케이크
  奶酪蛋糕

- 巧초콜릿 케이크
  巧克力蛋糕

- 버터
  奶油

- 모카커피
  摩卡咖啡

- 바삭한 과자
  酥皮點心

8.6 바
酒吧

情景一

문 : 뭘 드시겠습니까?
問 : 你想喝甚麼?

답 : 생맥주 한잔 주십시오.
答 : 請給我一杯生啤。

문 : 예. 또 뭘 드시겠습니까?
問 : 好。你要甚麼吃的嗎?

답 : 지금 필요 없습니다. 고맙습니다.
答 : 現在不要,謝謝。

情景二

문 : 서비스료가 있습니까?
問 : 有服務費嗎?

답 : 예, 만원입니다.
答 : 有,1萬韓圓。

문 : 서비스료에 뭐가 포함됩니까?

問：服務費中包括甚麼？

답：첫 잔의 음료는 무료입니다. 그리고 5천원 이하의 음료수를 마음대로 시킬 수 있습니다.

答：包括首杯飲料免費，你還可以點任何低於 5 千韓圓的飲料。

단어
詞彙

- 브랜디
  白蘭地

- 샴페인
  香檳

- 광천수
  礦泉水

- 보드가
  伏特加

- 위스키
  威士忌

- 포도주
  葡萄酒

8.7 에버랜드
遊樂園

情景一

문 : 선생님, 우리가 언제 "고속신도"
　　에서 돌아오옵니까?

問 : 先生，我們甚麼時候從 "高速信
　　道" 回來？

답 : 11 시에 돌아올 것입니다.

答 : 你們 11 點回來。

情景二

문 : "우주여행" 이 무섭습니까？ 제
　　딸이 쉽게 겁나요.

問 : "星際旅行" 是不是很可怕？我女
　　兒很容易受驚的。

답 : 걱정하지 마십시오. 게임이 시작
　　하기 전에 시험비행을 할 수 있습
　　니다.

答 : 別擔心。她可以在真正的遊戲開始
　　之前進行試飛。

情景三

문 : 안녕하세요. 번지하러　오신 것
　　을 환영합니다.

問 : 早上好，歡迎來笨豬跳。

답 : 높이가 얼마입니까?

答 : 高度有多少？

문 : 70 미터입니다.

問 : 70 米。

답 : 알마입니까?

答 : 要多少錢？

문 : 한번 2 만 7 천원입니다.

問 : 跳一次兩萬七千圓。

답 : 보험료가 포함됩니까?

答 : 包括保險費了嗎？

문 : 예, 포함됩니다.
問 : 包括。

단어
詞彙

- 화장실
  洗手間
- 전화 박스
  電話亭
- 자동판매기
  自動售物機

8.8 PC방, 인터넷 카페
網吧，網絡咖啡屋

문 : 컴퓨트가 고속 인터페이스가 있
    습니까?
問 : 你的電腦有高速互聯網介面嗎？
답 : 있습니다.

答 : 有。

문 : 얼마입니까?

問 : 收費多少?

답 : 회원은 한 시간에 2천원이고. 비 회원은 한 시간에 2 천 5 백원입 니다.

答 : 會員是兩千圓一小時。非會員是兩 千五百圓一小時。

문 : 제가 어떻게 회원이 될 수 있습니 까?

問 : 我怎麼才能成會員?

답 : 이 표에 기입하십시오. 그리고 회 원비 2 만원을 내시면 됩니다.

答 : 填好這張表，再付兩萬圓的會員 費。

문 : 모카커피 한잔 주시겠습니까?

問 : 請給我來一杯摩卡咖啡，好嗎?

답 : 죄송합니다. 모카커피 원두가 다 떨어졌습니다. 카푸치노가 어떻 습니까?

答：對不起，摩卡咖啡豆已經用完了。
　　來杯卡普齊諾怎麼樣？

단어
詞彙

- 온라인 게임
  在線遊戲

- 등록
  登錄

- 인터넷
  網絡

- 사이트
  網址

9. 쇼핑
購物

9.1 복장
衣服

情景一

종업원 : 사이즈가 얼마입니까?
營業員 : 你穿多大號的？

손님 : (1)6 호입니다.
顧客 : (1) 6 號。

손님 : (2)잘 모르겠습니다.
顧客 : (2) 我不清楚。

손님 : (3)치수를 좀 재 주실 수 있습니까?
顧客 : (3) 你能給我量尺碼嗎？

情景二

손님 : (1)입어볼 수 있습니까?

177

顧客 : (1) 我能試一下嗎？

손님 : (2) 탈의실을 이용할 수 있습니까?

顧客 : (2) 我能用一下試身室嗎？

종업원 : (1)몰론 입니다. 탈의실이 저쪽에 있습니다.

營業員 : (1)當然可以。試身室在那裏。

종업원 : (2)잠깐 기다리십시오. 사람이 있습니다.

營業員 : (2) 請稍等。有人在裏面。

| 情景三

손님 : 이것을 _____ 사이즈로 바꿔주실 수 있습니까?

顧客 : 能把這件換個 _____ 的號嗎？

- 더 작은
  更小

- 더 큰
  更大

손님 : 제가 입기에너무 _____.

顧客 : 我穿上去太 _____ 了。

• 길어요
  長

• 짧아요
  短

그리고 허리가 좀 _____.

而且腰部還有一點 _____。

• 느슨해요
  鬆

• 빡빡해요
  緊

종업원 : (1)찾아보겠습니다.

營業員 : (1) 我找一下。

종업원 : (2)죄송합니다. 이것은 _____ 사이즈입니다.

營業員 : (2) 對不起，這已經是 _____ 號了。

• 가장 작은
  最小

179

- 가장 큰
  最大

情景四

손님	: (1)이 셔츠는 무엇으로 만든 것입니까?
顧客	: (1) 這件寬鬆襯衫是甚麼做的？
손님	: (2)이 셔츠의 재질은 무엇입니까?
顧客	: (2) 這件寬鬆襯衫是甚麼質地的？
조업원	: 그것은 _____ 입니다.
營業員	: 它是 _____ 的。

- 면
  棉

- 실크
  絲

- 아마포
  亞麻

- 섬유
  纖維

단어
詞彙
- 브로치
  胸針
- 카디건
  開襟羊毛衫
- 캐시미어
  開司米，羊絨
- 캐주얼 매장
  便裝部
- 아동복 매장
  童裝部
- 윈드 재킷
  風衣
- 청바지
  牛仔褲

- 여성내의매장
  女士內衣部

- 남성내의매장
  男裝部

- 넥타이
  領帶

- 메리야스
  針織衫·運動套衫

- 여성복매장
  女裝部

9.2 전자제품
電子産品

손님 : 많이 선호하는 PDA 를 보여주
       실 수 있습니까?

顧客 : 能讓我看一下最受歡迎的 PDA
       嗎?

종업원 : 물론이지요. 이 것은 삼성의
        SCH−i500 형입니다.

營業員： 當然可以。這是三星的SCH－
i500 型。

損님 ： 주요 기능은 무엇입니까?

顧客 ： 它的主要功能有甚麼？

종업원： 그것은 이동통신 기능과 멀
티미디어 기능을 한 장치에
적합했어요. 사용자는 전자메
일을 주고받을 수 있고 인터
넷을 이용할 수 있습니다. 그
리고 수백 개의 MP3 양식의
음성파일과 MPEG1 양식의
비디오를 시청하고 다운로드
하거나 저장할 수 있습니다.

營業員： 它將移動通訊與多媒體功能融
合在一個裝置中。使用者可以
收發電子郵件和上網。它可以
下載、儲存以及播放數百個
ＭＰ３格式的音檔文件和
MPEG1格式的錄像短片。

損님 ： 중량이 얼마입니까？

顧客 ： 它有多重？

183

종업원 : 약 200 그램입니다. 삼성의 SCH－i500는 시중에서 가장 가볍고 채색 액정모니터와 확장카드 소켓이 있는 PDA 입니다.

營業員 : 約 200 克。三星的 SCH－i500 型是市場上最輕的、帶有彩色液晶顯示器和擴展卡插槽的 PDA。

손님 : 그의 보증사용기간은 얼마입니다?

顧客 : 它的保用期是多長？

종업원 : 1 년입니다.

營業員 : 一年。

단어
詞彙

• 디지털 카메라
  數碼照相機

- 확장카드 소켓
  擴展卡插槽

- LCD (액정모니터)
  LCD（液晶顯示器）

- 이동전화, 핸드폰
  移動電話，手機

- 노트북
  筆記本電腦

- PDA (개인 데이터 어시스턴트)
  PDA（個人數字助理）

- 프로세서
  處理器

- 영수증
  銷售發票

- 보증수리기간
  保修期

9.3 도서, 리코드, 비디오
圖書，鐳射唱片，錄像影碟

情景一

손님	: 《건달왕자》한권 주시겠어요?
顧客	: 能給我拿一本《痞子王子》嗎？
종업원	: 예. 여기 있습니다.
營業員	: 可以。給你。
손님	: 2만 3천원! 너무 비쌉니다. 소프트 카바본이 있습니까?
顧客	: 要兩萬三千圓！太貴了。有平 裝本的嗎？
종업원	: 죄송합니다. 소프트 카바본은 다 매진되었습니다. 새것은 다음주 수요일에 들어올 수 있습니다.
營業員	: 對不起，平裝本賣完了。新貨 下週三才到。
손님	: 감사합니다.
顧客	: 謝謝。

情景二

손님 　 : *Love Theme* 가 있습니까?
顧客 　 : 有 *Love Theme* 嗎？

종업원 : 어느 가수의 것입니까?
營業員 : 哪個歌手的？

손님 　 : 안재욱입니다.
顧客 　 : 安在旭。

종업원 : 언제 발행한 거지요?
營業員 : 甚麼時候發行的？

손님 　 : 2003 년 11 월입니다.
顧客 　 : 2003 年 11 月。

단어
詞彙

- 베스트 셀러(책, CD 등)
  暢銷產品（書、CD 等等）

- 소설
  小説

- 인기 높다
  熱門的，轟動的

- 비소설류 문학작품
  非小説類文學作品

- 출판물
  出版物

9.4 촬영용품
攝影用品

情景一

손님 : 야간촬영에 사용되는 좋은 필
름이 있습니까?

顧客 : 有甚麼夜間攝影用的好膠卷
嗎？

종업원 : 코닥 ADVANTIX 400 써
보세요. 그것은 미약한 광선
에서 촬영하는 데 사용됩니
다. 그리고 동작을 촬영하는

		데에도 적합됩니다.
營業員	:	你可以試試柯達的 ADVANTIX 400，它適合在光線微弱下拍照，也適合拍攝動作。
손님	:	네. 두 개 주십시오.
顧客	:	好。請給我兩卷。
종업원	:	24 장짜리를 사십니까? 아니면 36 장짜리를 사십니까?
營業員	:	你要 24 張還是 36 張的？
손님	:	24 장짜리를 주십시오.
顧客	:	請給我 24 張的。

情景二

손님	:	삼성 PowerShot A520 카메라 건전지 있습니까?
顧客	:	有三星 PowerShot A520 照相機的電池嗎？
종업원	:	보통 것입니까? 아니면 충전할 수 있는 것입니까?
營業員	:	普通的還是可充電的？

손님 : 보통 것을 주십시오.

顧客 : 請拿普通的。

情景三

손님 : 유경 CF 저장카드를 사고 싶습니다.

顧客 : 我想買維京牌的 CF 儲存卡。

종업원 : 저장량이 어느 정도 필요하세요?

營業員 : 你需要多大文件儲存量的？

손님 : 256MB.

顧客 : 256MB 的。

단어

詞彙

- CF 카드

  閃存卡，CF 卡

- 현상하다

  沖洗

- 노출지수
  曝光指數
- 광각렌즈
  魚眼鏡頭（超廣角鏡頭）
- 렌즈
  鏡頭
- 복제
  （照片）複製
- 셔트
  快門
- 표준치수
  標準尺寸
- 삼각대
  三腳架
- 비디오 카메라
  攝影機

9.5 음식과 일상용품
食品和家居用品

손님 : 냉면 두 그릇 주십시오.

顧客 : 請給我兩份冷麵。

종업원 : 겨자와 식초를 넣습니까?

服務員 : 要芥末和醋嗎？

손님 : (1)식초만 넣어 주십시오.

顧客 : (1) 請只放醋。

손님 : (2)두 가 지 다 넣어 주십시오.

顧客 : (2) 請兩樣都放。

손님 : (3)아니오, 고맙습니다. 저는 원래 맛을 좋아합니다.

顧客 : (3) 不要，謝謝。我喜歡原味的。

종업원 : 여기서 드십니까? 아니면 가져가십니까?

服務員 : 在這裏吃還是帶走？

손님 : 가져 갑니다.

192

顧客　： 帶走。

손님　： 브랙잭 커피를 마시고 싶은
데요.

顧客　： 我想喝點福爾斯咖啡。

종업원 ： 어떤 것을 드십니까? 분쇄된
원두커피? 아니면 무카페인
커피? 아니면 인스턴트 커피
입니까?

服務員 ： 你想喝哪種，研磨的、全咖啡
豆的？無咖啡因的還是速溶
的？

손님　： 분쇄된 것을 주십시오.

顧客　： 請給我研磨的。

종업원 ： 우리는 아침커피, 클래식 배
전, 최상품커피, 그리고 프랑
스 바닐라커피가 있습니다.
어떤 걸 원하십니까?

服務員 ： 我們有早餐咖啡、經典烘焙、
法式烘焙、極品咖啡和法式香
草咖啡。你想要哪一種口味
的？

손님 : 클래식 배전 두잔 주십시오.
顧客 : 請來兩杯經典烘焙。

단어
詞彙

- 할인권
  優惠券

- 식품잡화점
  食品雜貨店

- 과일잼
  果醬

- 계란쿠키
  煎蛋卷

- 소세지
  香腸，臘腸

- 야채 샌드위치
  蔬菜三明治

9.6 화장품
化妝品

손님 : 이 계절에 어떤 색깔이 유행
        합니까?
顧客 : 本季流行甚麼顏色?

종업원 : _____.
服務員 : _____。

- 오랜지 색
  橙色

- 분홍 색
  粉紅

- 홍매 색
  玫瑰紅

- 갈색
  棕色

- 원색
  原色

손님 : 저한테 어떤 색깔이 어울립
       니까?

195

顧客	:	我塗甚麼顏色好看？
종업원	:	분홍색이 어울릴 것 같습니다. 손님의 피부가 하얗게 보여서 분홍색 같은 색깔이 가장 어울릴 것 같습니다.
服務員	:	我覺得是粉紅色。你的皮膚白，像粉紅之類的柔和顏色最適合你了。
손님	:	내수성이 좋습니까？
顧客	:	它耐水性好嗎？
종업원	:	네. 지우지 않으면 퇴색하지 않을 것입니다.
服務員	:	好，除非你洗掉它，它不會褪色。
손님	:	써 볼 수 있습니까？
顧客	:	我能試用嗎？
종업원	:	예, 이것은 립스틱의 시용품입니다.
服務員	:	可以，這是唇膏的試用品。

단어
詞彙

- 연지
  腮紅

- 아이라인
  眼線筆

- 유성백분
  粉底

- 립스틱
  潤唇膏

- 마스칼라
  睫毛膏

- 크림
  保濕霜，潤膚霜

- 화장품 케이스
  化妝盒

- 큐데이크림바
  指甲油

- 향수
  香水

- 화장수
  潤膚水

9.7 기념품
紀念品

情景一

손님 : 선물을 사고 싶은데요. 추천해 주시겠습니까?

顧客 : 我想買些禮物。你能給我甚麼建議嗎？

종업원 : 여자분께 선물로 주신다면 실크 스카프와 이들의 장식품을 추천하겠습니다. 남자분께 선물로 주신다면 넥타이와 깜찍한 열쇠고리는 다 괜찮습니다.

服務員 : 如果是送給女士的，我推薦絲巾，還有這些小飾物。如果是送給男士的，領帶和輕巧的鑰匙鏈都是很好的選擇。

情景二

손님	: 이 지방에 무슨 특산물이 있습니까?
顧客	: 本地有甚麼特色產品嗎？
종업원	: 물론 인삼입니다. 한국의 고려 홍삼이 아주 유명합니다.
服務員	: 當然是人參。韓國的高麗紅參非常有名。
문	: 어디서 기념품을 살 수 있는지 가르쳐 주시겠습니까?
問	: 能告訴我哪裏能買到紀念品嗎？
답	: 박물관 전시실 입구에 기념품 상점이 두 곳 있습니다.
答	: 博物館展覽廳門口就有兩間紀念品店。

情景三

손님 : 저 한 쌍의 흙 인형이 정말 귀엽습니다.

顧客 : 那一對泥塑真可愛。

종업원 : 예, 이것은 우리 상점에서 가장 잘 팔리는 기념품입니다.

服務員 : 是的，它是我們店裏賣得最好的紀念品。

손님 : 하나 주십시오. 박스에 놓고 선물로 포장해 주실 수 있습니까?

顧客 : 我要一個。把它放進盒子，包成禮物可以嗎？

종업원 : 예.

服務員 : 可以。

단어
詞彙

- 배지
  徽章

- 조각상
  小雕像

- 공예품
  手工藝品

- 장식품
  裝飾品

- 앨범
  相框

- 우편엽서
  明信片

- 냉장거에 붙인 자석
  貼在冰箱上的磁鐵

- 열쇠고리
  鑰匙鏈

9.8 가격 깎기
如何討價還價

손님 : 너무 비싸다. 활인해 줄 수 없나요?

顧客 : 太貴了。你能打個折嗎？

종업원 : 20% 프로 할인해 드리겠습니다.

營業員 : 打八折吧。

손님 : 더 깎아 주실 수 있습니까?

顧客 : 能再便宜點嗎？

종업원 : 만됩니다. 이것은 최저 가격입니다.

營業員 : 不行，這是我能出的最低價。

손님 : (1)좀더 싸게 주십시오.

顧客 : (1) 別這樣，再便宜一點吧。

손님 : (2)죄송합니다. 안 사겠습니다.

顧客 : (2) 對不起，我不要了。

손님 : (3)이따가 다시오겠습니다.

顧客 : (3) 我過一會再來。

종업원 : 잠깐만요. 2만 8천원, 에누리 없는 가격입니다.

營業員 : 等一下！兩萬八千圓。一口價。

손님 : 그래도 많이 비쌉니다. 2만 5천원이면 사겠어요.

顧客 : 還是太貴了！我打算出兩萬五千圓。

종업원 : 가격흥정을 잘 하시는군요? 그럽시다. 2만 5천원으로 그리겠습니다.

營業員 : 你可真能講價！算了，就兩萬五千圓賣給你了。

단어
詞彙

- 할인상점
  廉價商店

- 사기를 당하다
  被騙

- 체인점
  連鎖店

- 공정가격
  公平價格

- 벼룩시장
  跳蚤市場

- 전문점
  專賣店

- 세일판매
  促銷活動

- 최저가격
  底價，最低價

- 중고상점
  二手商店

10. 의료 간호
醫療護理

10.1 약국에서 약을 살 때
在藥店買藥

情景一

문 : 가장 가까운 약국이 어디 있습니까?

問 : 最近的藥店在哪裏？

답 : 저 코너에 있는 우체국 옆에 있습니다.

答 : 在拐角那裏的郵局旁邊有一家。

情景二

문 : 사흘 동안 먹을 수 있는 _____ 약을 주실 수 있습니까?

問 : 能給我三天份量的 _____ 藥嗎？

- 두통
  頭痛

- 치통
  牙痛

- 위통
  胃痛

답 : 예, 여기 있습니다.

答 : 好。給你。

문 : 약은 어떻게 먹어야 합니까?

問 : 我要怎麼吃藥？

답 : (1) 식사 후 두 알을 드세요.

答 : (1) 每次飯後吃兩片。

답 : (2) 아프면 이 진통제 한 알을 드
   세요. 그런데 4시간에 한번만 먹
   을 수 있습니다.

答 : (2) 如果覺得痛，你就吃這種止痛
   藥一片，但每四小時只能吃一次。

답 : (3) 기침약을 한 스푼씩 하루에 세
   번 드세요.

答 : (3) 一茶匙止咳藥水，一天三次。

情景三

문 : 이 약은 무슨 부작용이 없습니까?

問 : 這種藥有甚麼副作用嗎?

답 : (1)없습니다. 매우 안전합니다.

答 : (1) 沒有，它很安全。

답 : (2)조금 있습니다. 좀 졸릴 수 있습니다.

答 : (2) 有，你可能會有點睏。

답 : (3)예구역질을 좀 날 수 있습니다.

答 : (3) 有，你可能會有點作嘔。

情景四

문 : 이 약도 내복약입니까?

問 : 這種也是內服的嗎?

답 : 이것은 함수약입니다.

答 : 這種僅供含漱。

단어
詞彙

- 테이프
  膠帶
- 항생 소
  抗生素
- 해열약
  退燒藥
- 감기약
  感冒藥片
- 소독제
  消毒劑
- 연고, 고약
  藥膏
- 진통제
  止痛藥
- 약제사
  藥劑師
- 수면제
  安眠藥

10.2 의사와 예약함
與醫生預約

情景一

간호사 : 안녕하세요? 김병국의사 진
　　　　료소입니다.

護士 　: 你好，金秉國醫生醫務所。

환자 　: 저는 위가 아픈데요. 예약을
　　　　좀 해 주세요. 저는 진미방입
　　　　니다.

病人 　: 我胃痛。請給我做個預約。我
　　　　是陳美芳。

간호사 : 몇 시에 오실 겁니까, 진 여
　　　　사님?

護士 　: 你想幾點來，陳女士？

환자 　: 오늘 가고 싶습니다.

病人 　: 我想今天來。

간호사 : 그럼 오전 10 시에 오십시오.

護士 　: 好。你上午十點來吧。

환자 : 예, 10시에 가겠습니다.

病人 : 那好，我十點來。

情景二

환자 : 얼마더 기다려야 합니까?

病人 : 我還得等多久？

간호사 : (1)다음 손님차례입니다.

護士 : (1) 下一個就輪到你了。

간호사 : (2)손님앞에 세 명이 있습니다.

護士 : (2) 你前面還有三個病人。

간호사 : (3)이제 손님의 차례입니다.

護士 : (3) 現在就到你了。

간호사 : (4)죄송하지만 의사 선생님께서 앞의 환자를 검사해야 하기 때문에 적어도 30분 정도 기다려야 합니다.

護士 : (4) 醫生還要多點時間檢查你前面的病人。很抱歉，你至少還得等上半個鐘頭。

情景三

환자 : 빨리 의사 선생님을 불러 오
세요. 저는 응급환자입니다.
제 _____ 에 피 나고
있습니다.

病人 : 請馬上叫醫來。是急診。我
的 _____ 在流血。

• 팔
  手臂

• 다리
  腿

• 머리
  頭

간호사 : 좋아요, 제가 가서 바로 치료
해 드릴 수 있는지 알아보겠
습니다.

護士 : 好。我去找醫生，看他能否現
在就給你診治。

情景四

환자 : 의사선생님께서 혈액 검사를
하라고 하셨는데 어떻게 해
야 하지요?

病人 : 醫生建議我去驗血。我該怎麼
做?

간호사 : 제가 곧 예약을 해 드리겠습
니다. 목요일 8시에 오십시
오. 자정 이후에 음식을 드시
지 마세요.

護士 : 我馬上你做個預約。星期四
上午 8 點來。午夜後請不要
飲食。

단어
詞彙

- 병력
  病歷

- 진찰 시간
  門診時間

- 합동진찰
  會診

- 진찰실
  門診部

- 병원 대기실
  接待室／候診室

10.3 의사에게 증세를 이야기할 때
對醫生講述病情

情景一

의사 : 어디 _____?
醫生 : 你哪裏 _____ ?

- 불편하세요
  不舒服

- 아프가요
  有問題

213

• 아프세요

　覺得難受／你哪裏不好

환자：(1)밤에 기침을 많이 했어요.

病人：(1) 我夜裏咳嗽得很厲害。

환자：(2)위가 좀 아픕니다.

病人：(2) 我覺得胃裏有點痛。

환자：(3)열이 났습니다.

病人：(3) 我發燒了。

情景二

의사：(1)입맛이 어떻습니까?

醫生：(1) 你的胃口怎麼樣？

의사：(2)입맛이 좋습니까?

醫生：(2) 你的胃口好嗎？

환자：(1)아무것도 먹고 싶지 않습니다.

病人：(1) 我甚麼都不想吃。

환자：(2)머리가 아찔하고 입맛이 없습니다.

病人：(2) 我覺得頭暈，沒有胃口。

214

환자 : (3)입맛이 별로 없습니다.

病人 : (3) 我胃口很差。

환자 : (4)계속 구역질을 하고 있습니다.

病人 : (4) 我一直在嘔吐。

情景三

의사 : (1)가끔 숨이 막힐 때가 있습니까?

醫生 : (1) 你是不是有時覺得喘不過氣來？

의사 : (2)호흡이 가빠집니까?

醫生 : (2) 你覺得呼吸急促嗎？

의사 : (3)호흡하는데 불편이 있습니까?

醫生 : (3) 你有沒有呼吸困難？

환자 : (1)예, 가슴이 답답합니다.

病人 : (1) 有，我覺得胸口發悶。

환자 : (2)숨이 막힙니다.

病人 : (2) 我感到窒息！

환자 : (3)걸을 때 숨이 가빠집니다.

病人 : (3) 我走路時就氣短。

환자 : (4)아니오, 호흡이 아주 정상적입니다.

病人 : (4) 沒有，我呼吸正常。

情景四

의사 : (1)이런 증세가 며칠이 되었습니까?

醫生 : (1) 你有這種症狀多久了？

의사 : (2)이런 증세가 얼마나 되었습니까?

醫生 : (2) 出現這種情況已有多長時間了？

의사 : (3)이렇게 된 지 얼마나 되었습니까?

醫生 : (3) 你感覺這樣有多長時間了？

환자 : (1)5 일이 되었습니다.

病人 : (1) 已經有 5 天了。

환자 : (2)약 일 주일이 되었습니다.

病人：(2) 將近一個星期了。

환자：(3) 어제부터 시작했습니다.

病人：(3) 昨天才開始的。

환자：(4) 어제밤부터 시작했습니다.

病人：(4) 昨天夜裏才有的。

단어

詞彙

- 알레르기
  過敏症

- 찰상
  擦傷，瘀傷

- 화상
  燒傷，灼傷

- 경련이 일어나다, 쥐가 나다
  抽筋

- 잠이 많다
  嗜睡

- 현기증, 어지럼증
  眩暈
- 골절(되다)
  骨折
- 불면증
  失眠症
- 일사병
  中暑

10.4 검사
檢查

情景一

의사 : 여기를 누를 때 아픕니까?
醫生 : 我按這裏時痛嗎?

환자 : (1)아야, 아픕니다.
病人 : (1)哎呀!痛!

환자 : (2)예, 배가 찔린 듯 아프지 않
고 살살 아픕니다.

病人：(2) 痛，但不是刺痛，只是隱隱作痛。

患者：(3)아니오, 아프지 않습니다.

病人：(3) 不，不痛。

情景二

환자：(1)몸이 떨리고 목이 아픕니다.

病人：(1) 我發抖，喉嚨痛。

환자：(2)때로 춥고 때로 덥습니다.

病人：(2) 我覺得時冷時熱。

의사：(1)체온을 재 드리겠습니다.

醫生：(1) 我給你量體溫。

의사：(2)셔츠를 좀 풀어 주고 폐를 청진하겠습니다.

醫生：(2) 解開襯衫，我給你的肺部聽診。

情景三

의사：맥박을 좀 짚어 드릴까요?

醫生：我給你聽一聽脈搏，好嗎？

환자 : 어떻습니까?

病人 : 怎麼樣？

의사 : 맥박이 조금 빠릅니다.

醫生 : 你的脈搏有點快。

환자 : 머리가 어지럽습니다.

病人 : 我頭暈。

의사 : 소매를 걷어 올리고 제가 혈압
　　　을 재 드리겠습니다.

醫生 : 我給你量血壓。把袖子捲起來。

단어

詞彙

- 혈액 검사

  驗血

- 심전도

  心電圖

- 뇌전도

  腦電圖

- 검사원

  化驗員

- 신체 검사
  體檢
- 내과 의사
  醫師，內科醫生
- 체온계
  體溫計
- X 레이투시
  X 射線檢查
- X 레이 사진
  X 光片

10.5 진단과 치료
診斷與治療

情景一

환자 : 무슨 병입니까?
病人 : 是甚麼病?

의사 : (1)감기에 걸린 것 같습니다.
醫生 : (1) 你可能感冒了。

221

의사 : (2)유행성 감기에 걸린 것 같습니다.

醫生 : (2) 你大概得了流感。

의사 : (3)홍역인 것 같습니다.

醫生 : (3) 看上去是麻疹。

의사 : (4)소리를 들어 보니까 기관지염입니다.

醫生 : (4) 從聲音來判斷，是支氣管炎。

情景二

환자 : 병의 원인이 무엇인가요?

病人 : 病因是甚麼呢？

의사 : (1)X레이투시(혈액 검사)결과를 보고 나서 확진할 수 있습니다.

醫生 : (1) 請等我們拿到X射線（驗血結果再説。

의사 : (2)지금 확정하기 어렵습니다

醫生 : (2) 現在很難説是甚麼病。

의사 : (3)감염되면 호흡 기관 질환을 일으킬 수 있습 니다.

醫生 : (3) 感染可能會導致呼吸道併發症。

情景三

환자 : 심합니까?

病人 : 嚴重嗎？

의사 : (1)걱정하지 마세요. 병세가 심하지 않습니다.

醫生 : (1) 別擔心。你病情不重。

의사 : (2)급성병입니다.

醫生 : (2) 是急性病。

의사 : (3)병원에서 관찰을 받으셔야 합니다.

醫生 : (3) 你得留在醫院觀察兩天。

情景四

환자 : 제 병은 치료할 수 있습니까?

病人 : 我的病能治嗎？

의사 : (1)주사를 맞아야 합니다.
醫生 : (1) 你需要打針。

의사 : (2)입원하는 게 좋겠습니다.
醫生 : (2) 我們認為你最好住院。

의사 : (3)이 이는 뽑아야 합니다.
醫生 : (3) 這顆牙要拔掉。

단어
詞彙

- 맹장염
  闌尾炎

- 기관지염
  支氣管炎

- 소화불량
  消化不良

- 전염 (되다)
  傳染，感染

- 염증
  炎症，發炎

학질, 말라리아
瘧疾

- 폐염
肺炎

10.6 처방과 의사의 지시
拿藥方和醫囑

情景一

환자 : 제가 어떻게 해야 합니까?

病人 : 我該怎麼辦？

의사 : (1)철저한 검사가 필요합니다.

醫生 : (1) 你需要一次徹底的檢查。

의사 : (2)몸을 따뜻하게 유지하고 잘 쉬어야 합니다. 그리고 더운 물을 많이 마셔야 됩니다.

醫生 : (2) 注意保暖和休息。多喝熱水。

의사 : (3)여기 처방입니다. 지시대로 복용하세요.

醫生：(3) 給你藥方。請按指示吃藥。

醫生：(4)침대에 누워서 며칠 쉬어야 됩니다.

醫生：(4) 你應該臥牀休息幾天。

情景二

환자：아픔을 좀 줄일 수 있는 방법이 없습니까?

病人：有甚麼能減輕疼痛的嗎？

의사：(1)처방전을 써 드리겠습니다.

醫生：(1) 我給你開個藥方。

의사：(2)이 약은 아픔을 줄일 수 있습니다.

醫生：(2) 這些藥片能減輕疼痛。

情景三

환자：건강을 회복하려면 시간이 많이 걸립니까?

病人：要很長時間才能康復嗎？

226

의사: (1) 곧 나아질 겁니다. 그런데 일 이주일 동안에 조심해야 합니다.

醫生: (1) 你很快就會好起來，但一兩週內你仍然要很小心。

의사: (2) 아마 천천히 회복하셔야 할 것 같습니다.

醫生: (2) 恐怕你要慢慢康復。

의사: (3) 며칠 입원해야 합니다.

醫生: (3) 你必須住幾天醫院。

情景四

환자: (1) 병이 재발될 수 있습니까?

病人: (1) 還會復發嗎？

환자: (2) 병이 재발되면 어떻게 하지요?

病人: (2) 如果復發怎麼辦？

의사: (1) 병세가 악화되면 빨리 진료소에 오세요.

醫生: (1) 如果你病情轉壞，請馬上到

227

診所來。

의사 : (2)걱정되면 여기 와서 신체 검
사를 하세요.

醫生 : (2) 如果你感到擔心，就來這裏
做個體檢。

의사 : (3)며칠동안 병세가 낫지 않으
면 다시 저를 찾아 오세요.

醫生 : (3) 幾天內病情沒有好轉的話，
你再來找我。

단어
詞彙

- 처방대로 약을 짓다(조제하다)
  按藥方配藥

- 입원해서 치료를 받다
  住院治療

- 의료 증명서
  醫療證明

- 수술
  手術

10.7 구급차를 부를 때
叫救護車

문 : 여기는 구급 센터입니다.
問 : 這裏是急救中心。

답 : 구급차를 보내 주세요! 상황이 아
주 긴급합니다.
答 : 請叫輛救護車來！情況緊急！

문 : (1)무슨 일입니까?
問 : (1) 出甚麼事了？

문 : (2)왜 그러시죠?
問 : (2) 怎麼了？

답 : (1)제 어머니가 갑자기 기절하고
쓰러졌어요.
答 : (1) 我母親突然昏倒了。

답 : (2)제 어머니가 인사불성이 되었
어요.

答 : (2) 我母親不省人事了。

문 : 심장병 경력이 있습니까?

問 : 她有心臟病史嗎？

답 : (1) 예, 작년에 한번 발작했습니다.

答 : (1) 有，她去年心臟病發作過一次。

답 : (2) 아니오, 심장은 건강합니다.

答 : (2) 沒有，她的心臟是健康的。

문 : 확실한 장소는 지금 어디입니까?

問 : 事發地點的準確地址是哪裏？

답 : 신라 호텔 1018 호실입니다.

答 : 新羅飯店，1018 房間。

문 : 지금 쓰신 전화 번호가 몇 번 입니까?

問 : 你現在用的電話號碼是多少？

답 : 010-860-6914 입니다.

答 : 010-860-6914 。

어

彙

붕대
繃帶

구급 센터
急救中心

구급 상자
急救箱

가제
紗布

(환자용)들 것, 담가
擔架

치료(하다)
治療

10.8 의사를 불러 주세요
叫醫生來

情景一

문 : 무엇을 도와 드릴까요?

問 : 有甚麼可以幫到你？

답 : 도움이 필요한데요. 의사선생님
을 좀 찾아서 1008 호실에 와달
라고 해주실 수 있습니까.

答 : 能不能找個醫生請他來 1008 號房
間？我需要幫助。

문 : 무슨 일이 있습니까?

問 : 碰到甚麼麻煩了？

답 : 발목을 삐어서 걷지 못하게 됐어
요.

答 : 我扭傷了腳，不能走路。

자 : 의사님을 불러 주세요. 아파
　　서 죽겠어요.

人 : 請給我找個醫生。我要死了！

호사 : 어디 아픕니까?

士 : 你哪裏不舒服？

자 : 배탈이 났는데 5 분마다 화
　　장실에 가야 합니다. 못 참겠
　　어요.

人 : 我腹瀉，每五分鐘去一次洗手
　　間，很難受。

호사 : 지금 어디 계십니까?

士 : 你的地址是哪裏？

자 : 올림픽 호텔 208 호실입니
　　다.

人 : 我在奧林匹克大酒店，208房
　　間。

단어
詞彙

- 약솜, 탈지면
  脫脂棉，藥棉
- (외상 치료용의) 약품 · 붕대류
  敷料
- 봉대
  敷布
- 왕진하다
  出診
- 의료비
  醫藥費
- 의료 상자
  醫療箱
- (주사) 침
  (注射)針
- 청진기
  聽診器